Claudia Dahlfeld

Bewusst ins Land der Träume reisen

Claudia Dahlfeld

BEWUSST
INS LAND DER TRÄUME REISEN

Tauchen Sie ein in die bizarre Welt Ihres Inneren

Traumdeutung für Einsteigerinnen
- mit mehr als 160 Illustrationen -

Cali Publications

Copyright © 2003 by Cali Publications
Herstellung: Books on Demand GmbH, Norderstedt
Grafische Gesamtgestaltung: Useful Art Collective, Hamburg
Coverbild: "Schneegans" von Alois Hanslian
Illustrationen: UAC-Archiv
Computerbearbeitung: Samarpan Nirdosha
www.calipublications.de
e-mail: calipublications@yahoo.de
ISBN 3-8330-0442-8

Inhalt

Träume sammeln ist hipp –
Traumdeutung ist in!

Vorwort

Um es gleich vorwegzunehmen: Dies ist kein "Frauenbuch", auch wenn es vielleicht so scheinen mag. Es hat nicht die geringsten feministischen oder emanzipatorischen Absichten und Hintergedanken. Es handelt sich jedoch um ein Buch, das vorwiegend für Frauen, und zwar moderne und aufgeschlossene Frauen, konzipiert und geschrieben wurde und das dementsprechend auf potentielle männliche Leser kaum eingehen kann. Der Grund hierfür ist folgender:

Im Gegensatz zu dem eher vernunftgeprägten und aktivitätsbezogenen und vorwiegend pragmatisch denkenden männlichen Geschlecht haben Frauen von Natur aus einen intuitiveren und damit leichteren Zugang zum "Reich des Übersinnlichen", in dem auch die Parapsychologie mit ihrem Seitenzweig der Traumphänomene angesiedelt ist. Auf diesem glatten Parkett fühlen sich Männer, die nicht gerne mit "Hirngespinsten" in Verbindung gebracht werden möchten, gar nicht wohl. Dementsprechend haben sie sich bisher sehr zurückgehalten, wenn es um die Selbsterforschung via Traumdeutung ging. So finden sich in den zahlreichen auf dem Markt befindlichen Traumdeutungsbüchern verschwindend wenig von Männern stammende Traumzitate - d.h. die Verfasser/innen konnten einfach nicht ausreichend Träumer finden, die regelmäßig ihre nächtlichen Erlebnisse notierten und bereit waren, sie ihnen für eine Veröffentlichung zu übergeben. Wahrscheinlich scheuten sie sich, auf diese Weise in ihr "wahres" Innere blicken zu lassen.

•

Diese Vermutung wird noch dadurch bestätigt, dass umfangreichere Sammlungen von Eigenträumen fast nur von Frauen angelegt wurden. Ein prominentes Beispiel hierfür ist Cosima Wagner, die Ehefrau des großen Komponisten Richard Wagner. Über vierzehn Jahre hinweg (von 1869 - 1883) führte sie ein später in vier Bänden veröffentlichtes Tagebuch, in dem sie alle Details ihres Zusammenlebens mit Wagner schilderte. Dabei vergaß sie auch nicht, jeweils zu notieren, was sie nachts geträumt hatte. Und nicht nur das: Sie nahm die Gelegenheit wahr, auch die Träume niederzuschreiben, die ihr "R." morgens nach dem Erwachen erzählte. Wagner selbst hatte weder die Zeit, noch das Interesse, sie zu sammeln, geschweige zu analysieren - was allerdings zur damaligen Zeit auch kaum üblich war.

Jedenfalls sind uns auf diese Weise mehr als 300 Träume des Künstlers erhalten geblieben. In ihrer Zusammenschau werfen sie ein bezeichnendes Licht auf die seelische Verfassung des Genies, die eine fast totale seelische Abhängigkeit von seiner vergötterten Cosima widerspiegelt. Der Großteil seiner Träume war nämlich erfüllt mit nicht enden wollenden Besorgnissen, er könne seine Frau auf diese oder jene Weise verlieren, oder sie würde ihm davon laufen und er stünde dann ohne ihre Liebe und Fürsorge da. Sein zweites Hauptmotiv stellten seltsamerweise persönliche Zurückweisungen dar und Frustrationen, die dadurch entstanden, dass Konzerte, die er dirigierte, daneben gingen oder sonstwie floppten - obwohl er sich in Wirklichkeit bereits enormer Berühmtheit erfreuen konnte.

●

Als ein echtes Schulbeispiel für weibliche Wissbegier am Träumesammeln und -deuten kann die deutsche Schauspielerin Christine Mylius angeführt werden, die sich die Mühe machte, zwanzig Jahre ihres Lebens hindurch bis 1953 insgesamt 2.400 Eigenträume zu notieren. Thematisch drehten sie sich in der Mehrheit um ihre Familie, ihre Kinder und ihren Schauspielerberuf, den sie mit großer Leidenschaft hauptsächlich auf der Bühne ausübte. Bei ihr ist bemerkenswert, dass eine erstaunlich große Zahl ihrer Träume hellseherischen Charakter hatte, d.h. sie befassten sich mit Naturkatastrophen und politischen Ereignissen, die dann nach Ablauf einer bestimmten Zeit auch tatsächlich eintraten.

Um die Glaubwürdigkeit und Zuverlässigkeit ihrer Vorhersagen verifizieren zu lassen, übergab sie ihre Sammlung dem Freiburger "Institut für Grenzgebiete der Psychologie und Psychohygiene e.V." zur Überprüfung. Mit dem damaligen Leiter des Instituts Prof. Hans Bender, als Herausgeber, veröffentlichte sie dann eine Traumauswahl und das Ergebnis der Analysen in dem Buch "Traumjournal. Experimente mit der Zukunft" (1992).

•

Doch den Weltrekord im Träumesammeln dürfte wohl eine in Berlin geborene und vor dem zweiten Weltkrieg nach England emigrierte Dame halten, wo sie bis zu ihrem Tode im Jahre 1985 lebte. Über einen Zeitraum von 35 Jahren hinweg trug sie ein aus sage und schreibe 10.000 Träumen bestehendes Dokumentationswerk zusammen, das sie gleichfalls einer wissenschaftlichen Forschungsstätte zur Auswertung überließ. Titel der 1995 gedruckten Studie von Jan Schumacher: "Der Einfluss der Lebenssituation auf die Trauminhalte – empirische Untersuchung einer Traumserie über 35 Jahre".

•

So ist es nun einmal mit dem Geist: Wenn es ans logische Denken geht, ums Kategorisieren, Systematisieren und Zergliedern, ist der männliche Intellekt nicht zu schlagen. Dann entstehen auf dem Gebiet der wissenschaftlichen Traumforschung ähnlich lautende, kompliziert geschriebene und schwer verständlich Diplomarbeiten mit Titeln wie:

- "Manifestation von Grenzen in Träumen. Eine empirische Untersuchung auf der Grundlage des Boundary-Konzepts von Hartmann."
- "Intra- und interindividuelle Aspekte der Bizarrheit und Interaktionsstrukturen bei Traumserien."
- "Der Faktor 'Vividness' in Tagesimaginationen und REM-Träumen. Eine Überprüfung der differentiellen Kontinuationshypothese."
- "Ein Vergleich zwischen Wachphantasien und REM-Träumen in Bezug auf selbst- und fremdeingeschätzte Bizarrheit."
- "Reizverarbeitung im Nachttraum - eine Untersuchung zum Einfluss akustischer Stimulierung während des REM-Schlafes auf Traumbericht und EEG".

•

Nun ahnen Sie vielleicht, warum ich skeptischerweise nicht so recht daran glauben mag, allzu viele Männer zu den Lesern dieses Traumdeutungsbuches zählen zu dürfen und ich mich statt dessen lieber gleich direkt an Frauen wende. Von ihnen erwarte ich mir mehr persönliche Einfühlung in die Traumthematik und meine, dass sie es nicht nur lesen, weil es "populär" geschrieben ist, sondern auch deshalb, weil sie die Zeit aufbringen wollen und können, um meine Vorschläge auch zu praktizieren. Doch ich lasse mich natürlich gerne positiv überraschen. Männer sind jedenfalls von der Lektüre nicht ausgeschlossen und es wäre erfreulich, wenn auch sie sich mit der "Traumdeuterei" als *Hobby* und als Instrument der *Selbst*erforschung befreunden könnten.

Meine Meinung ist nämlich die: Wer sich einmal entschlossen hat, seine nächtliche, innere Traumdimension zu erkunden, sollte dies zwar als ernsthafter "Forscher" tun, aber nicht mit tierischem Ernst und unter Erfolgsdruck und "Zwangsvorstellungen". Ein Hobby muss Spaß machen. Und so zählt sich dieses Buch eher zu einem der Produkte des "Infotainments", als zur Gruppe der zumeist trocken dargebotenen Sachbücher. Es will nichts anderes, als auf leicht verständliche Weise in einer Art Grundkursus "Anfängerinnen" einen ersten Einstieg in das komplexe Thema der Traumthematik ermöglichen. Wer dann der Ansicht ist, er wolle oder müsse mehr darüber wissen, dem werden auf dem deutschsprachigen Büchermarkt derzeit noch weitere 200 Titel über Traumsymbolik und Traumdeutung angeboten – detaillierter, seriöser und umfangreicher als dieses Taschenbuch.

●

Die fast inflationär hohe Zahl dieser Publikationen lässt darauf schließen, dass das Interesse zahlloser Menschen am Thema Traum und Traumdeutung in den letzten Jahren enorm gewachsen ist. Jedenfalls sieht es gegenwärtig so aus, als ob die Begeisterung für diesen neuen "Volkssport" immer größere Kreise zieht, so dass es durchaus ins Schwarze trifft, wenn man diesen Trend mit folgendem Slogan charakterisiert:

Träume sammeln ist hipp - Traumdeutung ist in!

Einleitung

Ab ins Traumland

Eigentlich könnten Sie Ihr Fernsehgerät ruhig verschenken, denn Sie haben ja bereits ein Heimkino in Ihrem Kopf, gebührenfrei und mit einem unerschöpflichen, ständig wechselnden Programm, das Sie außerdem ohne Kabel oder Satellitenschüssel empfangen können. Und das Schönste dabei: In allen Filmen treten Sie selbst als Star auf - mal als Vamp, als Giftmischerin, Eiskunstläuferin, Trickdiebin, Zirkusclown oder Burgfräulein, je nach dem, wie es sich gerade ergibt. Doch nicht nur das: Wie der geniale Allroundkünstler Charly Chaplin, sind Sie gleichzeitig in einer

Oben: Schon im Mittelalter erschienen Bücher über Traumdeutung, wie dieses Titelblatt eines alten englischen Traumbuches beweist. Besonders beliebt waren Sammlungen "prophetischer", hellsichtiger Träume.

11

Prominente Persönlichkeiten (wie hier Liz Taylor, Richard Burton oder Rex Harrison in dem Film "Kleopatra") sind häufig Gäste in unserer inneren "Talkshow". Eine Schläferin traf sogar höchstpersönlich in privatem Rahmen Lucy Lawless, die Hauptdarstellerin aus der Fernsehserie "Xena, die Kriegerprinzessin", zusammen mit ihrer Filmfreundin Gabrielle.

Person Buchautorin, Regisseurin, Cutterin und Produzentin Ihrer Streifen. Schließlich sitzen Sie gar noch als Ihre eigene Zuschauerin in der ersten Reihe. Ihre Kreativität als "Filmemacherin" wirkt fast beängstigend: Pro Nacht schaffen Sie spielend 5 Folgen und mehr. Das heißt, im Laufe Ihres Lebens bringen Sie es sage und schreibe auf die Herstellung von ca. 150.000 Filmen aller Arten und sind insgesamt vier Jahre ausschließlich damit beschäftigt, sie sich anzusehen. Ihr "Privatsender" kann sich also mit den anderen TV-Anbietern sehr wohl messen, auch, was die Vielfalt Ihrer Programme betrifft. Denn, obwohl Sie nur über ein Amateurstudio in der Größe einer Hirnschale verfügen und nie die Film- und Fernsehhochschule besucht haben, produzieren Sie ein breites Spektrum von Unterhaltungs- und Informationssendungen: aufregende Psychothriller, gefühlvolle Telenovellas, knallharte Brutalo-Western, schaurige Gruselfilme, Soft- und

Der exzentrische Maler Salvador Dali (gest. 1989), Mitbegründer des "Surrealismus" in der bildenden Kunst, ließ sich zu vielen seiner Gemälde von der Unlogik und Phantastik inspirieren, die in der Traumwelt vorherrschen. (Bild: "Der Schlaf")

Hardcore-Sex vom Feinsten, Science Fiction, Seifenopern, "Cinema verité", Lindenstraße, Bauernschwänke, Videoclips, aber auch Tagesschauen und Dokumentationen mit Szenen von Kriegsschauplätzen, Revolutionen, Naturkatastrophen und Mordfällen. Ja, wie die Programmdirektoren der Konkurrenz, wenn sie Sommerlöcher stopfen müssen, schalten auch Sie gelegentlich "Uraltschinken" in ständigen, ermüdenden Wiederholungen ein, mit längst verstorbenen Darstellern wie Ihrem Großonkel, Ihrem früheren Mathelehrer oder Oskar Sima. Ähnlich vielfältig zusammengesetzt ist auch die Liste Ihrer Standardtypen, seien dies schräge Vögel, jugendliche Liebhaber oder schreckliche Mütter. Prominente Figuren wie Zorro, Batman, Helge Schneider, "der mit den Ohren" aus Startrek,

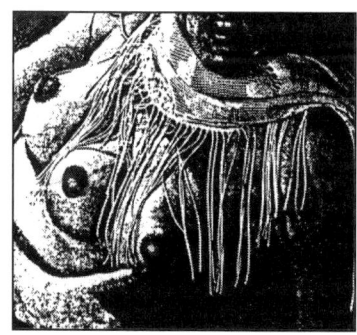

Im Traum ist alles möglich! Wundern Sie sich nicht, wenn Ihnen wie dieser Träumerin eines Nachts im Schlaf noch eine zusätzliche Brust heranwächst. Aller guten Dinge sind schließlich drei!

Schwer zu deutender Traum einer Ordensfrau: "Auf dem Gruppenfoto verwandelte sich plötzlich das Gesicht einer meiner Mitschwestern in einen Totenkopf. Alle Gesichter waren ernst und bedeutungsschwer."

Alf, die bezaubernde Jeannie, Tarzan, Schwester Maria oder Graf Dracula geben sich auf Ihrem eigenen Bildschirm genauso die Klinke in die Hand, wie in Ihrem Fernsehkasten. Natürlich gehören auch ganz ausgeflippte Erscheinungen wie schwebende Jungfrauen, Transvestiten oder Ghostbusters zur Besetzung Ihrer Filme.

Vor allen Dingen: Wie beim "Offenen Kanal" gibt es bei Ihrem Sender keine offizielle Vorzensur. Alles ist erlaubt! Gesetz und Ordnung sind für Sie unbekannte Begriffe, von Moralvorstellungen ganz zu schweigen. Dramaturgie und Logik gelten als abgeschafft. In Ihrem Chefbüro

Ich und Traum-Ich sind in gewissem Sinne wie Zwillingsschwestern, jedoch von ungleicher Veranlagung. Während sich die eine in der äußeren, materiellen Welt bewegt, fühlt sich die andere in der nur schwer zugänglichen inneren Dimension der Irrealität und Phantastik zu Hause.
Welche von beiden ist die "echte"?

hängt ein Schild mit Ihrem Firmenmotto, welches da lautet: "Nichts ist unmöglich!" Das Einzige, was zählt, ist die Imagination, die Phantasie in ihrer ganzen Grenzenlosigkeit. Niemand kümmert sich also darum oder wundert es, wenn sich ein Nashorn in Ihren Chef verwandelt, Sie eine Taschenlampe als Funktelefon verwenden, Ihren Ehemann vierteilen, die ganze Gruppe der "California Dreamboys" zu sich ins Schlafzimmer bestellen, Helmut Kohl ohrfeigen, splitternackt über den Kudamm stöckeln oder Ihrer eigenen Beerdigung beiwohnen. Allerdings wurde Ihnen häufig schon übel mitgespielt: Mehrfach ist Ihnen auf der Straße Ihre Handtasche mit den Scheckkarten entrissen worden, ein Verfolger in der Gestalt von Lino Ventura stieß Sie neulich aus dem Fenster eines Wolkenkratzers, und einmal sägte Ihnen ein Chirurg versehentlich das rechte Bein ab.

Nun ja, so stand es im Drehbuch. Letztlich haben Sie offenbar alles gut überstanden, auch den Sturz aufs Stra-

Aus dem Traum einer Verwaltungsangestellten: „Ich sah mich als ganz gewöhnliches Strichmädchen an einer Hauswand im Rotlichtdistrikt unserer Stadt stehen und vorbeigehende Männer anmachen."

Sigmund Freud (1856-1939), der Begründer der Psychoanalyse, war zu seiner Zeit die führende und unangefochtene Autorität in der Seelenforschung. Von ihm stammt das wissenschaftliche Standardwerk "Der Traum und seine Deutung", in dem er die These aufstellt, die Entschlüsselung der Traumsymbolik nach seiner Methode stelle den "Königsweg ins Unbewusste" dar.

ßenpflaster, und man könnte Sie zu Ihren außergewöhnlichen schöpferischen Talenten beglückwünschen - wenn es da nicht einen kleinen Haken gäbe: Ihr Gedächtnis! Alle Mühe scheint umsonst gewesen zu sein, denn Sie können sich partout an fast keinen Ihrer Streifen mehr erinnern. Sie haben schon längst gemerkt, wovon die Rede ist - von Ihren Träumen nämlich. Ganz selten, dass Sie morgens beim Erwachen gerade noch ein Handlungsfragment am Schwanz zu fassen kriegen. Und selbst dieses ist, wenn es nicht zufällig mit Schreckensszenen den kommenden Weltuntergang prophezeit, schnell verblasst und vergessen. Auch spielen viele Szenen in einer derart bizarren und absurden Umgebung, dass Sie glauben, sie hätten mit Ihnen und der Alltagswirklichkeit so viel wie nichts zu tun.

Das Wort "Traum" ist vom germanischen "draugma" abgeleitet, was "Trugbild" bedeutet. Und schon in unserer Kindheit wurde uns eingebleut, dass Träume "Schäume" sind. Also, warum sich mit Hirngespinsten beschäftigen?

Der Schweizer Psychiater C. G. Jung (gest. 1961), anfänglich engster Schüler Sigmund Freuds, schuf die Lehre vom "Kollektiven Unbewussten" und den "Archetypen". Er schrieb u.a. das Buch: "Der Traum und seine Symbole". Darin berichtet er auch von zahlreichen eigenen Traumerlebnissen.

Sollen sich doch die Psychologen damit herumschlagen! Einer demoskopischen Untersuchung zufolge sind sowieso ein Fünftel aller Bundesdeutschen davon überzeugt, noch nie geträumt zu haben und auch nie zu träumen. Kein Wunder also, dass die Kapriolen unseres Traumlebens fast niemand interessieren. Zwar meldet sich gele-

Eine Patientin Jungs malte dieses Bild eines Traumes, in dem sie die "dunklen Fittiche Satans" sah, der über Jerusalem schwebte. Nach Jung würde die Bedeutung dieses Traums nicht in der Person selbst liegen, sondern dem "Kollektiven Unbewussten" entstiegen sein.

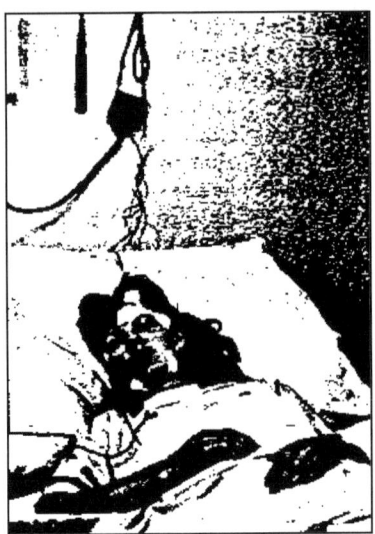

In Schlaflabors und psychologischen Instituten wurden Hirnstromaktivität und Augenbewegungen von Versuchspersonen erforscht. Mit Hilfe von Elektroden, die an ihrer Kopfhaut und im Gesicht angebracht waren, ließen sich die periodisch wiederkehrenden Traumphasen (REM) minutengenau dokumentieren.

gentlich am Frühstückstisch ein Familienmitglied mit dem klassischen Satz zu Wort: „Heute Nacht hatte ich einen merkwürdigen Traum!" Aber wer will sich schon in aller Frühe Geschichten von ausgefallenen Zähnen und verpassten Zuganschlüssen anhören?

Mit diesem erstaunlichen Maß an Gleichgültigkeit übersehen wir aber leider die geradezu überragende Bedeutung,

Jeder Mensch "verschläft" ein Drittel seines bewussten Lebens - bei einer durchschnittlichen Lebensdauer von 75 Jahren also 25 Jahre. Hiervon wiederum verbringt er insgesamt mehr als 4 Jahre im Traumzustand, in dem er ca. 150.000 Träume verschiedenster Art erlebt.

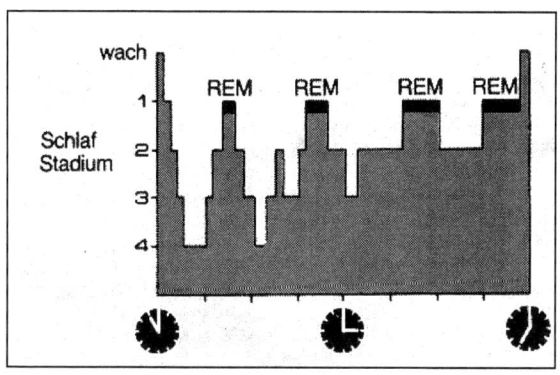

Grafische Darstellung der Hauptphasen (REM, Abkürzung für "Rapid Eye Movements"), in denen der Mensch gewöhnlich während der nächtlichen Schlafenszeit am häufigsten träumt.

die Träume für uns haben oder jedenfalls haben könnten, wenn wir ihnen mehr Beachtung schenken würden. Wenn es ums Handlesen, Sternedeuten oder Kartenlegen geht, sind wir sehr schnell mit von der Partie. Außerdem tun das ja auch andere für uns, und wir brauchen uns dabei nicht anzustrengen. Aber haben Sie schon einmal daran gedacht, dass Träume auch etwas anderes sein könnten, als Produkte aus dem Abfallkorb des Surrealismus? Schwer vorstellbar, dass sie völlig sinnlos sind, schließlich kommen sie aus unserem Unterbewusstsein, den individuellen Tiefenschichten unserer Persönlichkeit - also unserem wahren Wesenskern. Unser Wachbewusstsein stellt ja nur die Spitze des Eisbergs dar, den unsere Psyche insgesamt verkörpert.

Naturvölker und die Menschen alter Zivilisationen ahnten schon immer instinktiv, dass Träume eine Bedeutung haben. Daher stand bei Ägyptern, Assyrern und Babyloniern die Traumforschung in hohem Ansehen. Man erhoffte von ihnen Hinweise auf künftige Geschehnisse und Ratschläge für die Lösung von Lebensproblemen. In Spanien dagegen ließ die Inquisition Traumdeuter hinrichten, und in Frankreich wurde die Traumdeutung noch bis zum Jahre 1873 mit einer Geldstrafe belegt. Heutzutage wird dies nicht mehr so zimperlich gesehen, im Gegenteil: In speziell entwickelten Schlaflabors versuchen unsere Wissenschaftler mit Hilfe von Computern und modernster Elektronik den Geheimnissen des menschlichen "Nachtlebens" auf die Schliche zu kommen. So sind bei den einzelnen Schlafphasen wie Eindämmern, Halbschlaf, mittelfester Schlaf und Tiefschlaf jeweils verschiedene Hirnwellenfrequenzen messbar, und an den damit verbundenen unfreiwilligen, schnellen Augenbewegungen des Schläfers (REM genannt = "Rapid Eye Movements") kann man feststellen, ob und wann ein Mensch träumt. Die mit Tausenden von Versuchspersonen durchgeführten Experimente haben eindeutig erwiesen, dass *jeder* Mensch im Schlafe träumt und zwar mehrfach in der Nacht - mit Traumzeiten von 1-10 Minuten. Nicht nur Babys träumen bereits, sondern - so unwahrscheinlich dies klingen mag - sogar die Ungeborenen im Mutterleib machen schon Ausflüge ins Traumland, wenn bei ihnen das "Sandmännchen" an die Tür klopft. Natürlich haben auch Tiere Träume. Das konnten Sie sicher schon bei Ihrem Hund beobachten, wenn er freudig oder verstört im Schlaf bell-

Eine herrische Sphinx, halb Mensch, halb Tier, Verkörperung weiblicher Sinnlichkeit und Triebhaftigkeit, versucht, den hilflos in ihre Fänge geratenen Sklaven zu umgarnen. Gemälde von Ferdinand Khnopff.

Der Eindruck von "echt" und "falsch" vermischt sich auch in Filmen. Sie können wie Träume die Illusion erwecken, als sei man tatsächlich in das Geschehen verwickelt. Ein Meister der inszenierten Gänsehaut war Alfred Hitchcock ("Die Vögel").

te. Vielleicht wurde ihm gerade eine Schüssel mit leckerem Chappi hingestellt, oder er sah sich mit seinem "inneren Auge" dem Stecken eines Briefträgers konfrontiert.

Wenn also jemand meint, er träume nie, so ist dies sicher falsch. Vielmehr wurde sein "Filmmaterial" kurz vor dem Erwachen "vernichtet" - ganz ähnlich, wie es bei einem Videoband geschieht, das man über einen "Löschkopf" laufen ließ. Zu unseren Träumen haben wir aber nur über die Erinnerung Zugang, denn während wir träumen, sind wir uns ja nicht bewusst, uns in einer anderen Wirklichkeitsdimension zu befinden. In diesem Bereich nehmen wir zunächst einmal alles für bare Münze, empfinden wie im normalen Alltag Gefühle wie Liebe, Abneigung, Angst, Überraschung und dgl., identifizieren uns also voll mit unserem Traum-Ich. Erst "hinterher", nach dem Erwachen, erkennen wir, dass das Geschehen bereits der Vergangenheit angehört und (scheinbar) nichts anderes als eine "Fata Morgana" war. Bei einem Albtraum sagen wir dann erleichtert: „Gott sei Dank, dass ich das nur geträumt habe." Dennoch ist es leider damit nicht immer getan: Träu-

Träume bestehen aus einem Gestrüpp von Geschichten und Geschehnissen, aus denen wir diejenigen Symbolzeichen herausfinden müssen, von denen wir glauben, dass sie uns am meisten zu sagen haben.

me haben die Eigenschaft, mit ihren Inhalten, besonders wenn sie erschreckend oder niederdrückend wirkten, noch weit in unser Alltagsbewusstsein hineinzuspielen und uns so stundenlang die Stimmung zu verderben. Da ist es natürlich verständlich, dass die meisten Schläfer bemüht sind, ihre Träume schnellstens zu vergessen und "unter den Tisch zu kehren". Das ist aber genau der verkehrte Weg, den Träumen zu begegnen. Immer, wenn die Psyche nämlich ein Problem verdrängt, taucht es an anderer Stelle wieder unversehens auf, nicht allzu selten sogar in der Verkleidung einer Krankheit. Wir tun uns also keinen Dienst, wenn wir unsere Träume aus unserem Bewusstsein ausklammern.

Obwohl die Wissenschaft im Augenblick noch weit davon entfernt ist, das Phänomen der Träume in all seiner Vielschichtigkeit erklären zu können und sich nach wie vor viele Theorien widerstreiten, sind sich alle Traumforscher einschließlich der frühen Pioniere Freud, Jung und Adler in ihren wichtigsten Aussagen einig. Demnach lässt sich heute nicht mehr daran deuten, dass Träume einen wichtigen Aspekt der menschlichen Persönlichkeit darstellen, dass sie uns wertvolle Aufschlüsse über unser "wahres" Ich geben und bei richtiger Interpretation zur Lösung von Problemen beitragen können, die uns im Leben so oft zu schaffen machen. Aus dieser Sicht heraus möchte Sie dieses Buch dazu "verleiten", sich intensiver mit Ihrem bisher so unverständlichen Traumleben zu beschäftigen. Sie werden bald merken, dass dies eine gute Erwerbung gewesen ist. Tauchen Sie also erwartungsvoll hinein in die Wunderwelt der Psyche - dieser Sprung kann zum größten Abenteuer werden, das Sie je erlebt haben. Sie brauchen hierfür keine psychologischen Vorkenntnisse, nur Zeit und Geduld. Werden Sie Ihre eigene Traumforscherin und Therapeutin.

Die kommenden Kapitel und Seiten werden Sie systematisch in die Methoden einführen, die Ihnen zu einem interessanteren und erfüllten Leben verhelfen können. Sie zeigen Ihnen, was Sie tun müssen und wie Sie am besten vorgehen, um beispielsweise:

Oft begegnen wir in Träumen auch völlig fremden Menschen, die wir nie zuvor gesehen haben. Eine Kauffrau traf in einer Stadt auf ein "weibliches Wesen von faszinierender Schönheit mit glasklaren Augen", von dem sie vermutete, es stamme von einem anderen Stern.

- Trauminhalte bewusst zu schaffen und zu steuern,
- die Erinnerung an Träume zu bewahren,
- in Dialog mit Ihrem Unterbewusstsein zu treten,
- von Ihren Träumen Antworten auf Sie bedrängende Fragen zu erhalten (Partnerschaft, Beruf, Geld, etc.),
- unwesentliche von bedeutungsvollen Träumen zu unterscheiden,
- "Klarträume" hervorzurufen, die Sie in vollem Traumbewusstsein erleben,
- die Bildsymbolik Ihrer Träume zu entschlüsseln,
- Warnträume zu beachten, die auf künftiges Unheil hinweisen,
- Krankheiten zu erkennen, bevor sie sich äußerlich manifestieren,
- Glücksträume zu schaffen, in denen Sie der Welt "entfliehen",
- über Träume mit spirituellen Kräften in Kontakt zu gelangen, die in jedem Menschen schlummern,
- den Sinn von "Wiederholungsträumen" zu durchschauen,
- Ängsten entgegenzutreten und sie zu überwinden,
- die Träume Ihrer Kinder zu deuten.

Sind das nicht "traumhafte" Aussichten, die sich da vor Ihnen auftun? Nachdem Sie, wenn Sie 75 Jahre alt geworden sind, 25 Jahre, also ein Drittel Ihres Lebens, praktisch "verschlafen" haben, wollen Sie auch noch Ihre Träume nutzlos dem Dunkel der Nacht als ungelebte Zeit überlassen?

Sie sehen, es könnte sich also sehr wohl lohnen, die Reise ins Traumland ganz bewusst, gut vorbereitet und mit ausreichender Kenntnis der dortigen Gegebenheiten anzutreten.

1.

Nehmen Sie einmal an, Sie verbringen Ihren Urlaub auf den Seychellen, am Roten Meer oder in der Südsee. Sie haben einen Tauchkurs absolviert und tauchen tief ins feuchte Element hinab, bis kaum mehr das Tageslicht zu sehen ist. Mit Schnorchel, Atemgerät und Lampe dringen Sie in die faszinierende Welt der Tiefsee ein, bestaunen die Buntheit der Korallenriffe, bewegen sich durch ein Gewimmel fremdartig bizarrer Unterwasserfische, erleben vielleicht ein Rendezvous mit einem Teufelsrochen oder einem Hai oder stoßen sogar auf ein altes Schiffs-

Oben: Die amerikanische Filmschauspielerin Jodie Foster beschäftigt sich häufig mit ihren Träumen und versucht, deren Symbolik immer wieder ernsthaft zu entschlüsseln.

25

wrack, in dem sich ein millionenschwerer Goldschatz befindet. Doch: Im selben Augenblick, in dem Ihr Kopf wieder an der Wasseroberfläche erscheint, haben Sie alles, was Sie bei diesem Abenteuer ergründet und entdeckt haben, wieder vergessen. Nicht einmal an die Schatztruhe, deren Bergung Ihnen ein Vermögen eingebracht hätte, können Sie sich erinnern.

Ähnlich verhält es sich, wenn Sie morgens nach dem Schlaf erwachen. In Ihren Träumen haben Sie Seinsbereiche besucht, die von unserer Alltagswirklichkeit völlig verschieden sind. Da spielten sich in Ihrem Kopf die tollsten Geschichten ab, aber nur in seltenen Fällen können Sie diese wieder in Ihr Gedächtnis zurückrufen. Es ist, als hätten Sie einen "Black out" erlitten, wie er häufig Menschen nach einer durchzechten Nacht widerfährt und die dann nicht mehr sagen können, bei welcher Party sie überhaupt gewesen sind. Das ist natürlich sehr bedauerlich, denn wie Sie im letzten Kapitel gelesen haben, befindet sich in Ihrem Unterbewusstsein höchst brisantes Material mit Informationen und Botschaften, die Ihnen zu

Für das Hobby des Sammelns und der Deutung eigener Träume gibt es keine Altersbeschränkung. Teenies, Singles, Ehefrauen und "bejahrte" Damen können es gleichermaßen nutzbringend ausüben.

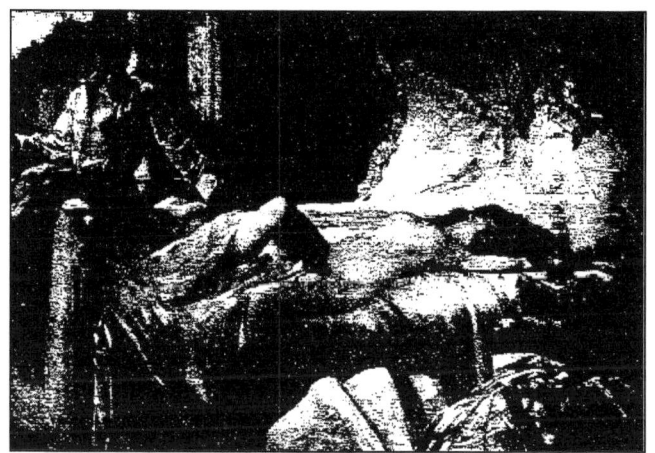

Was gibt es Schöneres, als an arbeitsfreien Tagen lange auszuschlafen und mit angenehmen Traumerinnerungen zu erwachen.

gelegener Zeit von großem Nutzen sein könnten. Natürlich ist da manchmal auch "Schrott" dabei, dessen Verlust Sie keineswegs zu bedauern brauchen. Aber vieles, was da unten ungehoben herumliegt, wäre wohl einer genaueren Untersuchung wert.

Nun hätte es natürlich keinen Zweck, wenn Sie sich zur Stärkung Ihres Gedächtnisses einen Extrakt aus Gingko biloba besorgten, um Ihre Hirnzellen aufzufrischen. Ihr Erinnerungsvermögen ist ja keinesfalls so schlecht, wie Sie glauben. Jedem Menschen ist es nämlich möglich, sich an seine Träume zu entsinnen – jedenfalls an den letzten Traum, aus dem er erwacht. Es gibt jedoch eine wichtige Voraussetzung hierfür: Der Schläfer muss die feste Absicht haben, alles, was er geträumt hat, zu behalten. Wenn Sie über diese Einstellung verfügen, dann sind Sie herzlich eingeladen, bei unserer Aktion "Rettet die Träume vor dem Vergessen!" mitzumachen. "Wetten, dass ..." Sie schon in ein paar Tagen über eine ganze Sammlung von Traumgeschichten verfügen werden? Sie

Leider sind unerfreuliche und negative Emotionen in unseren Träumen sehr zahlreich. Aggressive Begegnungen kommen öfter als freundliche Kontakte vor. Einige davon können sehr furchterregend sein, besonders, wenn Horrorwesen darin auftreten.

müssen sich nur so strikt wie möglich an die nachfolgenden Anweisungen halten. Eine wichtige Rolle spielt dabei die Autosuggestion. Sie wissen ja wohl bereits aus eigener Erfahrung, dass es möglich ist, auf den Wecker zu verzichten und morgens von selbst nach seiner "Kopfuhr" zu einer bestimmten Zeit aufzuwachen, wenn man sich dies kurz vor dem Einschlafen fest vorgenommen hat. Ähnlich kann man sich darauf programmieren, seine Träume zu behalten. Sobald Sie sich also aufs Ohr gelegt haben, sammeln Sie Ihre Gedanken und sagen mehrmals wiederholt die Vorsatzformel: „Ich werde mich morgen früh beim Erwachen an meine Träume erinnern." Es braucht Sie nicht zu entmutigen, wenn dies nicht gleich beim ersten Mal klappt. Wichtig ist, dass sich nach einiger Zeit ein gewisser gewohnheitsmäßiger Automatismus einstellt, so dass Sie sich geradezu wundern, wenn Sie morgens einmal ohne Traumerinnerung wach werden.

Wie Sie selbst schon festgestellt haben, gibt es einige Träume, die auf Grund ihres stark emotional geladenen, drastischen Geschehens noch lange in Ihnen nachklingen und die entsprechend leicht behalten werden. Meist aber neigen die Traumbilder dazu, sich sehr schnell wieder zu verabschieden, auch wenn es Ihnen gelungen ist, sie noch ins Wachbewusstsein hinüberzuretten. Gleich, ob Sie ein wenig weiterdösen oder sofort nach dem Erwachen aus den Federn springen: Schon wenige Minuten nach seiner

"Sicherstellung" zerfällt nicht allzu selten ein Traum in schemenhafte Fetzen, und nach 10 Minuten haben sich auch diese nahezu oder ganz verflüchtigt - und dann für alle Zeiten. Hieraus ergibt sich die dringende Notwendigkeit, alle Träume nach dem Erwachen sofort schriftlich festzuhalten. Sie jedoch nur einfach auf ein Stück Papier zu kritzeln, wäre vertane Zeit, denn damit ließe sich nichts anfangen. Nein, als "Traumologin" müssen Sie

Oben: Es ist ihr in Wirklichkeit noch nie vorgekommen, doch die Angst von Uschi Glas, ihren Rollentext zu vergessen, stammt aus einem beunruhigenden Serientraum.

Links: Ein grauenvoller Albtraum verfolgte die französische Filmschauspielerin Sophie Marceau fast jede Nacht: die Angst vor dem Ertrinken. Ein Jugenderlebnis dürfte sich bei ihr "traumatisch" verfestigt haben.

Links: Jeder weiß, dass auch Kinder lebhafte Träume haben. Jedoch sind diese, je nach ihren täglichen Erlebnissen, meist friedvoller Art. Hier träumt ein kleines Mädchen von einem gutmütigen Zaubergreis, den es aus einem Märchenbuch kennt und von dem es sich behütet fühlt.

Rechts: Wissenschaftler konnten nachweisen, dass bereits Föten träumen. Schon vor der Geburt also nimmt der Mensch über seine Mutter an den Geschehnissen der Außenwelt teil und wird von ihnen beeinflusst.

entschieden mit der sprichwörtlichen deutschen Gründlichkeit vorgehen, das heißt in unserem Fall, die Geduld aufzubringen, Ihre Träume methodisch zu sammeln, zu durchleuchten und aufzuarbeiten. Dies gelingt nur, wenn Sie ein sogenanntes "Traumtagebuch" führen.

Grundlage hierfür ist ein linierter Notizblock im Format DIN A4, der zusammen mit einem Schreibgerät immer griffbereit neben dem Kopfkissen liegt. Sie brauchen dann morgens nicht gleich aufzustehen, sondern können noch im Liegen Ihre Nachtgeschichten zu Papier bringen. Außerdem wirken diese Utensilien als ständige und nachdrückliche Mahnung, sie auch tatsächlich protokollieren zu wollen. Schlafen Sie zu zweit, wäre die Verwendung einer Punktlampe empfehlenswert, um Ihren Partner nicht durch allzu helles Licht zu wecken. Manchmal werden Sie ja auch mitten in der Nacht erwachen. Verschieben Sie dann keineswegs die Niederschrift bis zum Morgen. Zumindest sollten Sie in diesem Fall einige Stichworte vermerken, wie: "fremdartige Stadt, verlassenes

Hotel (schäbig), Markus in der Kleidung eines Mönchs, ein gelber Brief, suche mein Auto, weiß nicht mehr, wo es steht ..." Aber Vorsicht! Viele pflichtbewussten "Stenografen" konnten ihre im Halbschlaf erstellten Hieroglyphen bei Tageslicht nicht mehr entziffern! Manche klugen Köpfe, vor allem Singles, sprechen daher ihren Text lieber auf Tonbandkassette. Doch auch sie müssen sich vor unartikulierter, schlaftrunkener Aussprache hüten, wenn sie nicht später ratlos vor ihrem Abspielgerät sitzen wollen.

Es ist Ihnen also heute wieder einmal gelungen, einen Ihrer Träume in letzter Sekunde am Schwanz zu erwischen und in Ihr Bewusstsein zurückzuziehen. Nun kommt der zweite Schritt. Sie übertragen ihn säuberlich nach dem Aufstehen oder im Laufe des Tages von Ihrem Notizblock oder vom Rekorder in Ihr eigentliches Traumtagebuch. Dies kann ein Ringbuch oder ein Klemmordner mit losen Seiten sein. Sie können hierfür ruhig die Dienste einer Schreibmaschine oder Ihres Computers in Anspruch nehmen. Ein sauberes Schriftbild erleichtert Ihnen später das Wiederlesen des Textes und das Deuten der Symbole. Reservieren Sie jeder Nacht eine volle Seite, auch wenn es nur einige Zeilen zu notieren gibt, und vergessen Sie nicht, oben das jeweilige Datum einzutragen. Hatten Sie in einer Nacht mehrere Träume, werden sie in der richtigen Reihenfolge durchnummeriert. Jede Traumsequenz

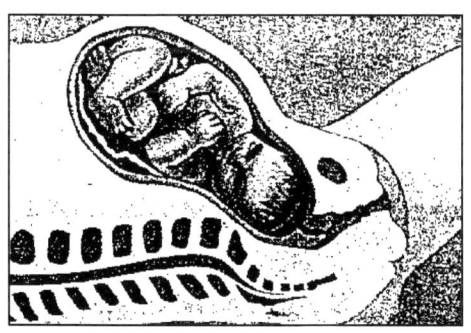

erhält eine aus drei bis fünf Worten bestehende Überschrift, in der das Wesentliche der Handlung zusammen-
gefasst ist, beispielsweise: "Eine gelungene Theatervor-
stellung". Diese Traumtitel sind gute Hilfen zum Wiederfinden von Themen oder Personen, wenn Sie eines Tages Träume nochmals "nachschlagen" wollen. Versuchen
Sie, sich beim Schreiben möglichst lebhaft wieder in das
Geschehen zurückzuversetzen. Achten Sie darauf, dass
Sie alle Aspekte des Traumes rekonstruieren und lassen
Sie auch scheinbar unsinnige oder belanglos erscheinen-
de Einzelheiten nicht aus. Sie könnten zufällig Schlüs-
selsymbole zur Deutung einer Traumaussage darstellen.
Nun haben Sie also einen Traum schwarz auf weiß vor
sich liegen. Vielleicht liest er sich wie folgt:

„Ich gehe an einem Fluss entlang. Die Stimmung ist wie
im November, ziemlich bedrückend. Auf der anderen
Uferseite erblicke ich eine spitz zulaufende Mauer mit

einer Öffnung in der Mitte, wie bei einer Brücke. Oben
steht unbeweglich ein Stier. Da ich mit dem nichts zu
tun haben möchte, kehre ich schnell zurück."

Später, kurz danach:

*„Ich befinde mich in der Modewarenabteilung eines Kauf-
hauses. An der Wand hängen Spiegel in verschiedenen Größen. In einen davon blicke ich hinein, da ich
wissen möchte, ob meine Frisur noch sitzt. Zu meiner
Verwunderung aber kann ich mich kaum erkennen -
sehe aus, wie mit 23 Jahren. Außerdem ist mein Gesicht ganz verzerrt, wirkt wie doppelt. Ich denke: Damit
kannst du morgen aber nicht ins Büro."*

Das also ist "der Stoff, aus dem die Träume sind!" Sie haben Ihrem Film den Titel gegeben: "Der Stier und der
Spiegel" und sollen selbst herausfinden, was das alles
bedeuten soll. Schön wäre es jetzt natürlich, wenn Sie zu
Herrn Professor Freud gehen könnten, der einst in Wien
als ungekrönter König der Traumdeuter residierte. Aber
seine Interpretation des Stier- und Spiegelmotivs wäre Ih-

Bei der Deutung eines Traumes darf man sich nicht ganz auf ein Traumlexikon verlassen. Bei dem Stichwort "Stier" würde man evtl. nachlesen: "Sinnbild aktiver männlicher Kraft und sexueller Potenz". Der Bulle ist aber auch das Markenzeichen eines bekannten spanischen Süßweins und Brandys!

nen sicher nicht sehr hilfreich, denn Träume sollten nur vom Träumer selbst analysiert werden. Das schließt nicht aus, mit anderen Personen Ihre Träume zu diskutieren, im Gegenteil, vielleicht erhalten Sie von ihnen durchaus wertvolle Hinweise. Aber es ist hier leider wie beim Bleigießen an Sylvester: Wo der eine ein Fahrrad zu erken-

*Wunschvorstellung Fotomodell:
Träume spiegeln viele Facetten unseres Ich –
manchmal zeigen sie ein verzerrtes oder erträumtes Bild unserer Person.*

nen glaubt, sieht der andere eine Windmühle. Entscheidend ist also immer Ihre eigene Auslegung. Nichtsdestoweniger finden Sie im Anhang dieses Buches ein "ABC der Traumsymbole" abgedruckt. Hierbei handelt es sich um eine Zusammenstellung und Erläuterung der gängigsten Sinnbilder und Metaphern, deren Kenntnis Ihnen die Traumdeutung erleichtern kann, an die Sie sich aber nicht zu halten brauchen.

Im Laufe der Zeit wird Ihnen auffallen, dass es ganz verschiedene Kategorien von Träumen gibt, die kunterbunt nacheinander ablaufen können: Angstträume, Flugträume, Glücksträume, Warnträume, Fallträume, Prüfungsträume, Klarträume, Nacktträume, Krankheitsträume, Sexträume, Weissagungsträume, Todesträume, Wunschträume, Trivialträume und dgl. Es ist, als habe jemand im Schneiderraum einer Filmgesellschaft Reststücke und Schnipsel aus verschiedenen Produktionen vom Boden

Beispiel für das Interesse einer Frau am Träumesammeln: Cosima Wagner – hier mit ihrem Ehemann Richard Wagner – listete in ihrem Tagebuch annähernd 300 Träume des gefeierten Komponisten auf. Seltsamerweise waren die meisten von Verlust- und Versagensängsten geprägt.

35

aufgelesen und wahllos aneinander geklebt. Und jetzt sollen wir uns einen Reim darauf machen, was damit gemeint sein soll. Tatsächlich macht es uns unser Unterwusstsein nicht leicht. Aber es hat sich nun einmal dazu entschlossen, uns seine Depeschen in der Bildersprache zu vermitteln, und so müssen wir eben versuchen, sie diesen Regeln entsprechend zu entschlüsseln. Es wäre schade, wenn wir sie nicht beachten würden. Schon im Talmud steht: "Ein ungedeuteter Traum ist wie ein ungeöffneter Brief." Letztlich sind unsere Träume nichts anderes als Reflexionen unserer komplexen Psyche.

Doch abgesehen davon: Lassen Sie sich nicht allzu sehr von der scheinbaren Tollheit verwirren, die Ihnen nächtens in Ihren Träumen entgegentritt und die Sie leider häufig auch in Angst und Schrecken versetzt. Auf den folgenden Seiten werden Sie lernen, wie Sie in dieses Unterwassergestrüpp Ordnung hineinbekommen und als "Co-Regisseurin" regulierend und mitschöpferisch in die Handlungsführung der Geschichten eingreifen können. Wenn Sie sich einmal mit Ihrem Unterbewusstsein angefreundet haben, wird Ihnen sogar die Zusammenarbeit großen Spaß machen.

In diesem Zusammenhang noch Folgendes: Im Unterschied zum Wachzustand kommen Routinetätigkeiten wie Putzen, Handarbeiten oder Maschine schreiben im Traum selten vor. Und wundern Sie sich nicht, dass Träume mehr negative als positive Inhalte haben. Unglück, Misserfolg und Versagen sind häufiger als Glück und Erfolg. Aggressive Begegnungen kommen öfters vor als freudige Kontakte. Bei mehr als einem Drittel der Träume stehen Furcht und Angst im Vordergrund, während erfreuliche Emotionen selten sind.

2.

Traumsymbole deuten

Sie wissen wahrscheinlich, was ein "Rebus" ist und kennen diese Rätselform aus Zeitschriften und Rätselheften. Es handelt sich hierbei um eine Bildscharade, bei der es darum geht, aus gezeichneten Symbolen wie Maiskolben, Tintenfass, Pferdekopf, Zylinder, Gartenschlauch und dgl. durch Weglassen oder Hinzufügen von Buchstaben ein bestimmtes Lösungswort, wie beispielsweise "Eiskunstläufer", "Sinfonieorchester" oder "Taschendieb", zu finden. Vor eine ähnliche Aufgabe stellt uns unser Unterbewusstsein, wenn wir daran gehen wollen, unsere

Oben: Frauen und Mond gehören untrennbar zueinander - schon, weil die Monatsregel den gleichlangen Mondphasen entspricht. Darüber hinaus ist die Nachtseite des Lebens, das Geheimnisvolle und Unergründliche, ein typisch weibliches Element.

Ein Rebus ist ein Rätsel in Bildern, Symbolen oder Zeichen, die, nacheinander buchstabiert (mit bestimmten Auslassungen), einen Sinnspruch oder einen Namen ergeben. Ganz ähnlich – jedoch nicht in analogem Ablauf, sondern "digital" – verschlüsselt das Unterbewusstsein seine Botschaften.

Träume zu deuten. Es vermittelt seine Botschaften nicht einfach so, wie durch einen logisch verständlichen Brief, sondern verschlüsselt sie in einer seltsamen Bildsymbolik, zu der wir erst einen Code finden müssen, um sie zu verstehen. Träume sprechen also fast ausschließlich nur "durch die Blume" zu uns - in meist stummen, aber doch recht eindrucksvollen und aussagekräftigen Sinnbildern, Metaphern und Allegorien.

Was daran immer wieder von neuem fasziniert, ist die praktisch unerschöpfliche Phantasie, Fabulierlust und Gestaltungskunst jener Instanz, die unermüdlich an unseren Traumgeschichten bastelt - und zwar ganz unabhängig davon, ob wir uns für sie interessieren oder nicht. In der Tat scheinen sie ein solches Eigenleben zu führen und mit uns fast gar nichts zu tun zu haben, dass es nicht wundert, wenn sich nur wenige Menschen um sie kümmern, aber nachdem Sie sich nun einmal dazu entschlos-

Aus dem Gestrüpp eines Traumes gilt es, jene Sinnbilder herauszufinden, die etwas Wesentliches für die Träumerin zu sagen scheinen. Hier z.B. die "Sehende Hand". Könnte heißen: etwas oder jemand mit dem Gefühl (dem "Tastsinn") beurteilen und erkennen.

Unten: Traumsymbol "Hände":
Die Träumerin sieht sich von mehreren begehrlichen Männerhänden umgeben, denen es aber nicht gelingt, sie zu fassen oder zu berühren, da sie sich dagegen sperrt.

sen haben, Ihr "Nachtleben" gründlich zu erforschen, kommen Sie nicht daran vorbei, sich nunmehr mit der Traumdeutung und dem Dechiffrieren von Traumsymbolen zu befassen.

Sicherlich werden Sie bereits in den letzten Tagen einige Träume gesammelt und in Ihrem Traumtagebuch festgehalten haben. Zwar ist Traumdeutung nicht gerade ein-

fach, da sich die Symbole wegen ihrer Mehrdeutigkeit nie ganz ausschöpfen lassen. Doch kann sich jeder Mensch die Fertigkeit erwerben, sie zu verstehen und hinter die "Maskeraden" zu schauen, mit denen Träume sich zu tarnen pflegen. Eins der zahlreich verlegten Traumlexika dürfte Ihnen hierbei nur von sekundärem Nutzen sein, und es wäre nicht sehr sinnvoll, einfach eines der Stichwörter nachzuschlagen und anhand der Erklärungen Ihre Träume (oder die Ihrer Freunde) zu interpretieren nach dem Schema: "Aha, ein Zeppelin! Eine Peitsche! Ja, ja, ganz typisch, sehr aufschlussreich!" Ein Lexikon dieser Art

Oben: Wem ein Engel im Traum erscheint, hat ein großes, tiefsitzendes Schutzbedürfnis. Er ist - wie hier die Kinder auf dem Bild - noch nicht "erwachsen" und benötigt in seinem Leben nach wie vor die Führung durch eine Autoritätsperson - einen Vater, Guru oder einen Psychologen.

Rechts: Erscheint im Traum ein Clown oder spielt man einen selbst, ist das ein Zeichen von wenig Selbstwertgefühl. Andere betrachten einen als "dummen August".

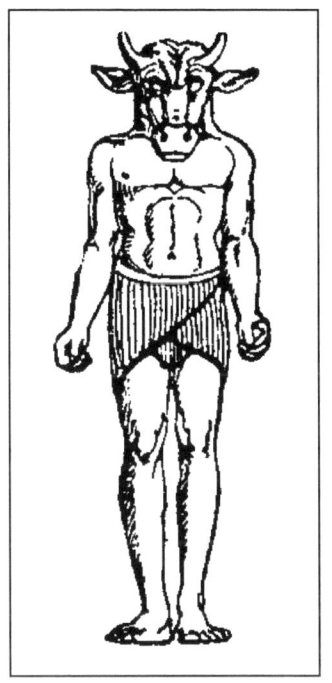 

Träume sprechen oft in Symbolen zu uns, die den archaischen Erinnerungen der Menschheitsgeschichte entstammen. In der minoischen Kultur versinnbildlichte der Minotaurus, ein Ungeheuer aus Stierkopf und Menschenleib, das Böse und Dämonische.

kann immer nur allgemeine Hinweise geben, denn Traumsymbole müssen immer im Zusammenhang mit dem sonstigen Geschehen betrachtet und sollten nie isoliert für eine Auslegung benutzt werden. Auch unterscheidet sich ja die persönliche Lebenserfahrung und Vorstellungswelt von Mensch zu Mensch. Messer ist eben nicht gleich Messer. Während Sie vielleicht dieses Symbol mit einem Zwiebelkuchen in Verbindung bringen, den sie anschneiden wollen, denkt ein Mann womöglich spontan an Mord. Einem Theaterfan dagegen kommt eine Gestalt

In den Mythen sind, wie im Traum, die Naturgesetze außer Kraft gesetzt. Selbst ein Pferd, wie hier der geflügelte weiße Pegasus, Muse und Streitross der Dichter, kann sich mühelos in die Luft erheben.

gleichen Namens aus Brecht's "Dreigroschenoper" in den Sinn. Dementsprechend erhalten Gegenstände oder Tiere von Fall zu Fall eine völlig verschiedene Bedeutung. So kann also ein Greis, dem Sie irgendwann im Traum begegnet sind, sowohl Weisheit als auch Gebrechlichkeit signalisieren. Was nun tatsächlich zutrifft, ergibt sich teils aus den Umständen, teils aus Ihrer spontanen Assoziation. Selbst die sogenannten "archetypischen" Symbole, die "Ursymbole", die dem "kollektiven Unbewussten" der Menschheit entstammen und die uns vor allen Dingen in Mythen, Sagen und Märchen begegnen, wie beispielsweise die Schlangen, entziehen sich der Einengung auf

In der griechischen Mythologie sind Mischwesen aus Mensch und Tier beliebte Symbolbilder: Die Kentauren, die Greife, die Giganten oder die Skylla. Rechts: Die Harpyen, menschenraubende Sturmgöttinnen, waren "Zwitter" aus Mädchen- und Vogelleibern.

stereotype Sinndeutungen. Die bei uns hochverehrte Sonne, Symbol der Schöpferkraft und Daseinsfreude, in Kinderzeichnungen immer als freundlicher "Smiley" dargestellt, wird in arabischen Wüstenländern, wo ihre Strahlen alles Leben versengen, eher gefürchtet und gehasst. Und die Farbe Schwarz gilt außerhalb unseres Kulturkreises bekanntlich keineswegs immer als Zeichen der Trauer. Traumdeutung muss daher flexibel sein und darf sich nicht nach vorgegebenen Klischees richten. Unsere Karikaturisten sind ein Völkchen, das in diesem Sinne gerne simplifiziert: Seit Kaiser Wilhelms Zeiten stellen sie den Deutschen mit einer Zipfelmütze dar, den Russen als tapsigen Bär, den Engländer als selbstbewussten Löwen und den Franzosen als einen Hahn. Nach diesem Prinzip lässt sich zwar ein hervorstechendes Merkmal eines Volkes aufspießen, nicht aber die ganze Bandbreite seines Wesens wiedergeben.

Jedenfalls sind Symbole eine großartige Erfindung. Das Wort "Symbol" leitet sich vom griechischen "symballein" ab, was soviel wie "zusammendrängen, verdichten" bedeutet. Wir haben es also hierbei mit einem "Konzentrat" zu tun, das nach dem Motto "Ein Bild sagt mehr als tausend Worte" eine Gedankenfolge oder eine Idee auf einen ganz knappen Nenner bringt. Darin ist dann eine Aussage versteckt, die sich nicht unbedingt sofort enthüllt. Daher wäre es falsch, Träume allzu wörtlich zu nehmen. Sie träumen beispielsweise:

Symbolbilder unserer Zeit sind die nüchternen, ausdrucksstarken, leicht verständlichen "Piktogramme" - auf einfachste Form gebrachte, zur Erleichterung im Alltag geschaffene Informations- und Hinweiszeichen.

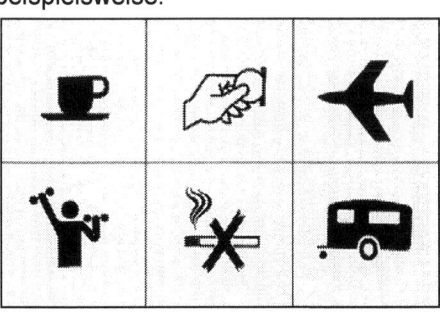

Zwei Übungen in Trauminterpretation. Was könnte das bedeuten: Ein Mann (linkes Bild) eilt aus einem Wald, einen riesigen Würfel mit 6 Punkten auf der Schulter, und eine unbekleidete Frau geht in einen dunklen Wald hinein, vorbei an einem überdimensionalen Ohr?

„Ich stehe auf einem Schafott und soll in wenigen Sekunden enthauptet werden. Auf dem Platz eine große Menschenmenge, darunter auch mein Verlobter. Jedoch anstatt verstört zu sein, lacht er heimlich in die vorgehaltene Hand. Ich muss niederknien und erwache – schweißgebadet vor Angst."

Nun werden Sie natürlich über diesen Albtraum im ersten Moment entsetzt sein und vielleicht glauben, es könnte sich um eine "Vorwarnung" handeln, jemand möchte Sie im wirklichen Leben tatsächlich umbringen, und Ihr Zukünftiger würde sich auch noch darüber lustig machen. Das wäre zwar nicht ganz auszuschließen, aber dennoch recht unwahrscheinlich. Wenn Sie nun statt dessen Ihre Beziehung zu Männern und Ihr Verhalten ihnen gegenüber unter die Lupe nehmen, könnte sich folgende Deutungsvariante ergeben: Ihr Unterbewusstsein will Sie auf besagte drastische Weise darauf hinweisen, Ihre allzu große Selbstkontrolle aufzugeben und sich gelegentlich zu gestatten, Ihren "Kopf zu verlieren". Das heißt soviel wie: Tun Sie auch mal "unvernünftige" Dinge, tragen Sie Ihren Kopf nicht gar zu hoch und lassen Sie Ihre Gefühle stärker sprechen. Kein Wunder, dass Ihr Verlobter in seiner Vorfreude auf Ihre nahende "Entintellektualisierung" unverschämt "feixt". Kein Wunder auch, dass Sie panische Angst vor einer derart "abrupten" Lebensumstellung empfinden. Mit dem eigentlichen Tod also dürfte Ihr Traum nichts am Hut haben.

Aber im Grunde ist es auch völlig belanglos, ob Sie mit obiger Deutung den Nagel auf den Kopf getroffen haben oder nicht. Viel wichtiger ist es, dass Sie mit dieser Art von Traumarbeit überhaupt mehr Licht ins Dunkel Ihrer Psyche bringen, die darin rumorenden Konflikte klarer und bewusster sehen und sie damit schneller lösen können. Und da sage jemand, Träume seien nichts als sinnlose, bunt schillernde Seifenblasen! In Wirklichkeit ist doch Ihr Unterbewusstsein mit seinem beispiellosen "Fachwissen" jedem Psychotherapeuten und Diplompsychologen haushoch überlegen.

Die Bildsprache, mit der sich das Unterbewusstsein äußert, ist in ihrer Groteskheit manchmal schwer zu verstehen und kann sogar lächerlich wirken. So waren Kopf und Gesicht des Ehemannes einer Träumerin plötzlich scheinbar grundlos mit Apfelmus bedeckt.

In einem der nächsten Kapitel werden Sie erfahren, wie sich Ihr Traumproduzent sogar gezielt kontaktieren lässt, wenn Sie in ganz bestimmten verzwickten Lebenssituationen einen Rat benötigen. Sie werden vielleicht dabei noch öfters merken, dass sich Träume, wie im vorhergehenden Beispiel, gerne volkstümlicher Redensarten bedienen, um Ihnen etwas mitzuteilen. Wenn Sie also künftig in einen "sauren Apfel" beißen, wenn Sie "Tomaten auf den Augen" haben, Sie "ins Schleudern" kommen, an-

Häuser symbolisieren in der Traumsprache zumeist den Charakter eines Menschen oder dessen gegenwärtige oder angestrebte Lebensumstände (Baracke, Blockhütte, Reihenhaus, Mietshaus, Fertighaus, Landhaus, Villa, Bungalow, Palast etc.).

dere "mundtot" machen, etwas "ausbügeln" müssen, "Feuer fangen", Ihnen der "Geduldsfaden" reißt, Sie mit jemand "Karussel" fahren, sich in ein "gemachtes Bett" legen, sich in etwas "verstricken", eine "harte Nuss" zu knacken haben, alles durch eine "rosarote Brille" sehen,

etwas wieder "ausbügeln" müssen oder eine peinliche Angelegenheit im Boden vergraben, über die "Gras wachsen" soll, brauchen Sie nicht lange zu raten, was damit gemeint sein könnte - nichts anderes nämlich, als was wir bereits im täglichen Sprachgebrauch mit diesen Metaphern meinen.

Nun ist natürlich denkbar, dass Sie, wenn Sie nach einiger Zeit Ihre Traumaufzeichnungen durchblättern, den "Wald vor lauter Bäumen" nicht mehr sehen, weil Ihnen Ihr Unterbewusstsein derart viele Rebusbilder auf den Tisch geschüttet hat, dass Sie sich davon gewissermaßen wie "an die Wand gedrückt" fühlen. Das braucht Sie aber nicht zu beunruhigen, denn Sie müssen sich ja nicht mit jedem Traum gleich intensiv auseinandersetzen. In einem Gedichtband finden sich ja auch "gute" und gehaltvolle, künstlerisch überzeugende Strophen neben "schlechten", die man am liebsten überliest. Ähnlich gehen Sie bei Ihren Träumen vor. Sie befassen sich also hauptsächlich mit denen, die den größten Eindruck auf Sie gemacht haben. Außerdem beginnen Sie schon jetzt, sie in bestimmte Kategorien einzuteilen und gehen daran, sie nicht nur nach Einzelsymbolen, sondern auch nach anderen Gesichtspunkten zu bewerten.

Über ein seltsames Phänomen und einen "Idealfall" in der Traumdeutung berichtet ein Biograph des französischen Mathematikers und Philosophen René Descartes. Demzufolge fand der Schläfer in einem Traum ein Lexikon und einen Gedichtband. Descartes schlug beide Bücher interessiert auf und begann darin zu lesen. Diese Szene machte auf ihn einen derartigen Eindruck, dass er sich nicht nur bewusst wurde, zu träumen, sondern das Geschehen auch noch *während* des Traumzustandes analysierte und deutete, *bevor* er erwachte!

3.

Reizträume, Traumsichtung und Alltagsphantastik

Eine essfreudige Dame träumte einmal - und das fand sie gar nicht amüsant - dass ihr ein Dämon, eine Art Kobold mit Glubschaugen, auf der Magengrube saß und sie mit seinem Gewicht fast erdrückte. Sie wälzte sich verzweifelt auf ihrer Liegestatt hin und her, konnte sich aber des Quälgeistes nicht entledigen. Schließlich griff sie zum einzig probaten Mittel, um ihn loszuwerden: Sie erwachte! Nun stellte sie mit großer "Erleichterung" fest, dass dieses unerfreuliche Zusammentreffen nur ein Albtraum gewesen war. Sie hatte schon das Schlimmste befürchtet: Ihr war nämlich einmal zu Ohren gekommen, dass oft

Oben: Albträume von "Nachtmahrn", die einem auf dem Magen sitzen, brauchen nicht unbedingt zu beunruhigen. Sie können auch von schwer verdaulichen Speisen oder einem zu üppigen Abendessen herrühren.

Traumhandlungen sind keineswegs immer bizarr, sondern können auch ganz "normal" verlaufen und nur Widerspiegelungen trivialer Alltagsgeschichten darstellen. Dann heißt es z.B.: "Ich ging mit meiner Reisetasche durch eine Straße unseres Dorfes. Ich kam von der Omnibushaltestelle her und befand mich auf dem Weg nach Hause".

finstere Spukgestalten, in gewissen Fällen "Incubi" genannt, zu nachtschlafender Zeit von "drüben" herniederstiegen, um harmlose Erdenbürgerinnen arglistig zu malträtieren - ja, sie sogar sexuell zu missbrauchen.

Wäre die Träumerin nun neugierig darauf gewesen, den symbolischen Hintergrund dieser "Heimsuchung" zu erhellen, und hätte sie in einem Traumlexikon unter dem Stichwort "Kobold" nachgeschlagen, wäre sie auf die völlig falsche Spur geraten. Denn dieser Traum belastete zwar die Schläferin auf eine fast unerträgliche Weise, hatte aber keineswegs eine bedeutungsschwere Aussage. Er rührte ganz einfach davon her, dass sie kurz vor Mitternacht mit Freunden noch beim Italiener gewesen war und dort mit großem Appetit einer wagenradgroßen Pizza zugesprochen hatte. Daher also das "Magendrücken"!

Aus diesem Beispiel können Sie als praktizierende Traumforscherin dreierlei lernen: 1. Nicht immer ist im Traum (ganz wie im "wirklichen" Leben) etwas so, wie es erscheint. 2. Lassen Sie sich nicht von jedem Horrortrip ins Bockshorn jagen. 3. Nicht jeder Traum brennt darauf, Ihnen aus den "unerschöpflichen Tiefen" Ihrer Seele eine "Botschaft" zu überbringen. Wenn man davon ausgeht, dass sich (Wissenschaftler werden Ihnen dies gerne bestätigen) in Ihrem Kopf pro Nacht 4-5 Traumsequenzen abspielen (macht im Monat ca. 150!), wäre dies ja auch von Ihrem Unterbewusstsein zu viel verlangt. Außerdem wären Sie mit der Verarbeitung einer solchen Fülle wohlmeinender Ratschläge total überlastet. Daraus ergibt sich die Folgerung, dass es keinen Zweck hätte, wenn Sie grundsätzlich jeden Traum, den Sie in Ihrem Traumtagebuch festgehalten haben, bis in die entferntesten Winkel nach seiner Bedeutung zu durchleuchten versuchen. Was soll da aus Ihrem Haushalt werden? Nein, Sie können da ruhig und mit gutem Gewissen etwas differenzieren und, wenn Sie einmal rückblickend Ihre Traumsamm-

Wohl von einem Kindheitsschock herrührender, immer wiederkehrender Serientraum einer Hotelfachfrau: Sie sieht sich als 12-jähriges Mädchen auf einem Friedhof vor einem ganz bestimmten Grab stehen, von mehreren grasenden Pferden umgeben. Ein Geschehen, das unbedingt untersucht werden muss.

lung durchblättern, die Spreu vom Weizen trennen.

Sie werden inzwischen sowieso schon lange festgestellt haben, dass viele Träume für Sie einfach keinen Sinn ergaben, so sehr Sie sich auch bemühten, sie nach allen Regeln der Traumsymbolik abzuklopfen. Einer der Gründe hierfür könnte sein, dass es sich bei diesen Produkten um sogenannte "Reizträume" handelt. Dies sind Träume, die ihre Entstehung nicht irgendwelchen Problemen verdanken, die gerade in Ihrer Psyche rumoren, sondern - wie bei dem anfangs geschilderten Beispiel - ganz trivialen Verdauungsstörungen und dgl. Häufig setzt nämlich der Traummechanismus auch körperliches Missbehagen, das von schlechter Hirndurchblutung oder von Störungen im Nervensystem hervorgerufen wurde, in entsprechende Warnbilder um - vermutlich, um uns zu einer Veränderung der Schlafposition zu veranlassen. Eine Linkslage beim Schlafen beispielsweise, die wegen starken Drucks auf die Herzmuskulatur Atemnot hervorruft, könnte sich optisch in einem stotternden Motor niederschlagen, der um Zufuhr seines gewohnten Gasgemisches ringt. Auch Überdosen an Schlafmitteln oder Alkoholexzesse wirken verständlicherweise irritierend auf das normale Traumge-

Eine Träumerin in Seenot! Höchste Lebensgefahr? Eine Szene, die man hinterfragen sollte. Oder bildete nur das Rauschen einer Wasserspülung den Auslöser?

Ein junges Mädchen träumte von einem Erdbeben. Hier handelt es sich keineswegs um einen prophetischen Warntraum, sondern die Ursache war ein in der Nähe vorbeidonnernder Schnellzug.

schehen ein, desgleichen eine durch einen Krankheitsherd verursachte erhöhte Körpertemperatur, also Fieber. Sodann werden auch Reize in Bilder umgesetzt, die von außen kommen. Da verrutscht unsere Bettdecke - unsere Füße sind Zugluft oder Kälte ausgesetzt - und schon sehen wir uns barfuß durch eine arktische Winterlandschaft stapfen. Oder ein Arm hängt versehentlich aus dem Bett, und schon reißt er uns mit in einen Sturz von einem Hochhaus. Manchmal überlappen sich auch die Ebenen von Traum und Wirklichkeit: Wir hören von irgendwoher ein Sägegeräusch, und dies veranlasst uns, im Wald beim Holzfällen mitzuhelfen. Ganz besonders leicht lässt sich der Geruchssinn reizen. Ein vor die Nase eines Schläfers gehaltenes Parfüm kann ihm das Bild einer duftenden Blume vorgaukeln, und ein durchs Fenster ziehender Bratengeruch vermag ihn spontan an einen Kü-

Gewaltfilme im Fernsehen, besonders, wenn wir sie uns zu später Stunde kurz vor dem Einschlafen anschauen, setzen sich nur allzu gerne in unseren Träumen fort und führen zu entsprechenden eigenen kriminellen Handlungen.

chentisch zu versetzen. Bei derartigen Banalfällen gibt es also fast nichts, was hinterfragt werden müsste.

Ähnlich verhält es sich mit vielen Horrorszenen. Man sieht sich ja häufig nicht nur als Opfer, sondern auch als Täter - als Revolverlady oder Vatermörderin - und fragt sich erstaunt, zu welchen Scheußlichkeiten das Traum-Ich fähig ist und woher eigentlich das betreffende "Gewaltpotenzial" herkommt. Viele glauben, hinter derlei Machenschaften steckten unterdrückte und unausgelebte Wunschenergien. Das mag von Fall zu Fall stimmen, aber nicht grundsätzlich. Es könnte sich statt dessen auch um rein optische Stimulanzien oder Widerspiegelungen handeln. Die Medien, allen voran die Fernsehanstalten, decken uns ja fortgesetzt mit einer Flut von Bildreizen ein, die von unserem Unterbewusstsein unzensiert aufgesaugt und gespeichert werden - auch, wenn wir glauben, wir seien längst immun dagegen. Zu gegebener Zeit, vielleicht wenn wir es am wenigsten erwarten, werden sie uns in verzerrter Form erneut präsentiert. Raubüberfälle, Vergewaltigungen, Attentate, Hinrichtungen, Flugzeugabstürze, Überschwemmungen, Vulkanausbrüche und

dgl. gehören ja gewissermaßen zu den "Highlights" der Tagesschauen, und die Boulevardpresse schlachtet sie mit plakativen Schlagzeilen und reißerischen Fotos noch weiter aus. Da bleibt einiges hängen. Sollten dennoch die Fakten nicht genügen, liegen im Archiv unserer unbewussten Erinnerungen an Krimis, Psychothrillern ("Das Schweigen der Lämmer" beispielsweise) oder Vampir-

Oben: Bei unbewusster Identifikation mit Kinostars übernehmen wir als Träumer oft deren Charaktere und agieren unsere unterdrückten Aggressionen an ihrer Stelle aus.

Links: Gruselfilme setzen sich mit ihren abartigen und furchterregenden Darstellungen besonders leicht in unserem Unterbewusstsein fest. Kein Wunder also, wenn wir von Gestalten träumen, die einem derartigen "Milieu" entstammen. (Christopher Lee als Vampir)

Das Spektrum der Traummotive ist breit und reicht von Alltagstrivialitä-
ten bis zum Atomkrieg. Sinn der Traumsichtung ist es, aus der Fülle der
erinnerten Szenen die herauszufinden, die einem am bedeutungsvoll-
sten erscheinen.

Streifen noch zusätzlich jede Menge erfundener Spiel-
filmszenen, aus denen die Trauminstanz das "Beste" her-
ausnehmen und zu neuen makabren Geschichten verar-
beiten und umschreiben kann.

Das mag dann so verlaufen, wie bei einer jungen Verkäuferin aus München. Sie hatte in einer Nacht zwei Träume behalten können. Der erste war ziemlich kurz und
handelte im Wesentlichen davon, dass sie mit einem
schmalen Geldkoffer durch eine Straße ging. Beim zweiten, längeren, befand sie sich in einem holzgetäfelten
Restaurant einer südafrikanischen Stadt. Ein Kellner kam
heran, bemerkte, da sei ein Gespräch für sie und reichte
ihr ein Handy. Ein Freund war am anderen Apparat und
sagte ihr, Hardy Krüger, den sie demnächst treffen wollte,
sei gestorben. Eindeutiger Auslöser für diese beiden
Szenen war der spannungsgeladene, wenn auch triviale
Thriller "Der perfekte Mord", mit Michael Douglas, den sie

sich zu später Stunde, kurz bevor sie zu Bett ging, im Ersten Programm angesehen hatte. Darin wird sehr häufig mit Handys telefoniert, und Geldkoffer spielen eine große Rolle. Zwei Tage zuvor war Hardy Krüger in einem Kurzinterview auf der Mattscheibe erschienen, in dem er sich sehr zufriedenstellend über sein gegenwärtiges Leben äußerte: Er sei gesund, könne reisen, schreibe Bücher, spiele demnächst wieder eine Hauptrolle etc. Die Verkäuferin jedoch besitzt weder selbst ein Handy, ist alles andere als ein Fan von Hardy Krüger und fühlt sich von der Mordgeschichte eher abgestoßen.

Viele Geschehnisse, insbesondere die unerfreulichen, stammen also nicht aus der Eigenproduktion, sondern von fremden Quellen, sind quasi "gestohlen" und uns unfreiwillig "übergestülpt" - müssen also nicht unbedingt etwas über verdeckte Tendenzen unserer Psyche verraten oder aussagen. Darum ist es wichtig, dass Sie gelegentlich Ihre Träume sichten und möglichst schon bei der Niederschrift diejenigen kennzeichnen, die auf derart platte, oberflächliche Weise entstanden sind. Mit dem "wertvolleren" Teil gibt es dann immer noch genügend zu tun.

Leider wissen wir nicht, warum unser Unterbewusstsein

Die "reale Wirklichkeit" wirkt oft unwirklicher als ein surreal erscheinender Traum. Dieses unretuschierte Foto zeigt einen Akrobaten, der seine Zuschauer durch einen optischen Verkleidungstrick verblüffte.

so unheimlich produktiv ist. Weniger wäre tatsächlich mehr! Vor allen Dingen könnten wir auf all die Träume verzichten, die während der eigentlichen Nachtstunden ablaufen und die wir fast "verschlafen". Ein langer Traum, an den wir uns beim Erwachen in allen Einzelheiten erinnern, wäre uns nützlicher als die vielen, meist gar nicht miteinander zusammenhängenden Schnipsel. Es ist doch so, als müssten wir uns wie vor einem Fernsehschirm anhand weniger Einstellungen einen Reim auf Handlung und Inhalt des gesamten Streifens machen. Wir wissen zwar schon nach wenigen Sekunden, ob wir es mit einem Krimi, einer Komödie oder einem Dokumentarbericht zu tun haben. Doch das ist dann eigentlich alles. Es kann also sehr wohl vorkommen, dass Sie auf ähnliche Weise mit bestimmten Traumstücken nichts anzufangen wissen. Sie haben in Ihr Ringbuch notiert:

„Ich besuchte einen jungen Mann, der eine Pflanzung aus Walnussbäumen angelegt hat. Der Boden ist moosig und wirkt märchenhaft. Mir fällt auf, dass keine Nüsse unter den Bäumen liegen. Etwas später sind dann doch Nüsse heruntergefallen. Ich will ein paar davon aufsammeln und mit nach Hause nehmen. Schließlich hebe ich eine Nuss auf, die schon offen ist."

Szenenwechsel:

„Ich sitze Karin und Petra gegenüber. Beide haben ein gelbes T-Shirt an. Ich sage, dass ich demnächst ins Krankenhaus muss. Karin ist etwas erstaunt."

So, nun rätseln Sie mal schön, was das bedeuten soll! Wie in solch kniffligen Fällen vorgehen? Ganz einfach: abwarten! Es besteht nämlich die große Wahrscheinlichkeit, dass früher oder später ein weiterer Traum folgt, der diese beiden schwer dechiffrierbaren Szenen ergänzt oder kommentiert. Genau aus diesem Grunde ist ja auch die Führung eines Traumtagebuches für Sie geradezu unerlässlich. Nur so können Sie doch noch bei nächster Gelegenheit einen Fingerzeig für eine befriedigende Er-

Unausstehliche Eltern oder besserwisserische Verwandte können einen bis zur Weißglut "reizen". Kein Wunder, dass sie uns selbst in unsere Träume hinein verfolgen.

Rechts: Bekanntes Bild eines trockenen, puritanischen Ehepaares aus der amerikanischen Gründerzeit.

klärung erhalten. Eine weitere Möglichkeit; ihre Traumsammlung zu nutzen, stellt die "statistische Erhebung" dar. Es muss ja einen Grund haben, dass bestimmte Personen, Schauplätze oder Themen häufiger auftreten als andere. Daher sollten Sie Ihre Aufzeichnungen regelmäßig in monatlichen Abständen nach folgenden Gesichtspunkten durchforsten und die Ergebnisse der Untersuchung auf einer Liste festhalten:

- Welchen Personen begegnen Sie immer wieder und welche hiervon sind Verwandte, Freunde, Bekannte, Prominente, Fremde, Verstorbene?
- An welchen Orten spielen sich die Geschehnisse meistens ab (Innenräume, Städte, Landschaften, Inland, Ausland)?
- Welche Themen oder Probleme stehen im Vordergrund (Lebenspartner, Ehe, Kinder Beruf)?
- Welche Gefühle dominieren (Angst, Einsamkeit, Freude, Zuversicht)?
- Welche Tiere treten am häufigsten auf?
- Welche Träume wiederholen sich immer wieder auf genau dieselbe Weise?

· Welche Träume erleben Sie farbig? Welche Farbe
kehrt oft wieder?

· Welche Traumsymbole tauchen am häufigsten auf?

Versuchen Sie auch hin und wieder, um Ihr Erinnerungsvermögen zu schulen, Ihre Träume mit Buntstift oder Pin-
sel optisch auf einem Zeichenblock festzuhalten. Wenn
Sie so vorgehen, müsste es möglich sein, dass Sie als
"Wanderer zwischen zwei Welten" allmählich Licht in Ihr
Unterbewusstsein bringen. Ergänzend zu den eigentlichen Traumklassifizierungen wie Flugträume, Sexträume,
Klarträume, Wunschträume, Todesträume, Weissagungsträume etc. könnten Sie, wenn Sie einmal Zeit haben,
über folgende Frage nachdenken: Halten Sie Ihre Träume nur für subjektiv "wirklich", also "illusionär" (gewissermaßen wie Kondensstreifen, die hinter einem Flugzeug
wieder schnell zerfallen, ohne Spuren zu hinterlassen)
oder genauso wirklich, wie die Vorgänge in der "objekti-
ven", materiellen Welt - mit dem einzigen Unterschied,
dass sie sich in einer anderen Dimension abspielen? Es
gibt nämlich Eingeborenenstämme, bei denen der Glaube vorherrscht, dieses unser Leben sei ein Traum, und
die Traumwelt sei die eigentliche Wirklichkeit.

Vielleicht haben Sie schon einmal von dem erfolgreichen spanischen Dramatiker Calderon de la Barca (1600-1681), gehört, der u.a. ein Bühnenschauspiel mit dem Titel "Das Leben ein Traum" geschrieben hat. Darin beweist er am Beispiel eines reichen Prinzen die Illusion des Seinsbewusstseins und die Austauschbarkeit der Wahrnehmungsdimensionen. Dieser wird von Spaßvögeln am Hof in betäubtem Zustand in eine Bauernkate geschafft. Nach dem Erwachen muss er auf Grund der veränderten Umgebung und der ihm widerfahrenden Behandlung zur Überzeugung gelangen, ein armer Bauerntölpel zu sein, der seinen Aufenthalt im Palast lediglich geträumt hat. Nach einer Zeit der Anpassung wird das Spiel umgekehrt: Er erwacht wieder im Palast und hält sein Leben in der Kate für ein Hirngespinst.

Oder noch deutlicher: Würde man einen Papua aus Neu-Guinea, der noch nie in seinem Leben auch nur im geringsten mit der Zivilisation in Berührung gekommen ist, im Schlaf zur Antarktis bringen und dann aufwecken oder ähnlicherweise in einen durch die Gegend jagenden

Eine banale Alltagsszene: Eine Träumerin sieht sich im Supermarkt in einer Schlange vor der Kasse stehen. Nichts weist darauf hin, dass dies im "Traumland" passiert. Ist es die Begebenheit wert, gedeutet zu werden?

Schnellzug setzen, an einem Sinfoniekonzert teilnehmen lassen, ihn als Zuschauer in den Bundestag bringen oder auf einen Wolkenkratzer in New York stellen, er würde 100-prozentig erklären, dies alles habe mit der Wirklichkeit nichts zu tun und sei geträumt. Weil also ein bestimmtes Phänomen das gegenwärtige Fassungsvermögen unseres menschlichen Gehirns übersteigt, ist damit noch lange nicht gesagt, es sei falsch, irreal und trügerisch. Wir können ja auch eine Fülle von Naturvorgängen wie UV-Strahlen, Radiowellen oder Magnetismus mit unseren beschränkten fünf Sinnen nicht wahrnehmen. Dies all jenen gegenüber angedeutet, die glauben, dass Träume nur "Schäume" sind. Es gibt sogar hochrangige Wissenschaftler, die behaupten, Träume seien nichts als elektromagnetische Entladungen überreizter Gehirnzellen.

Etwas anderes kommt noch hinzu: Fast alle meinen, das Typische an Träumen sei ihre Phantastik und Surrealität. Das ist aber ganz und gar nicht der Fall: Wenn Sie Ihr Traumtagebuch durchblättern, werden Sie feststellen, dass die Alltagsszenen weit überwiegen. Man sitzt mit der Familie beim Abendessen, steht im Supermarkt in einer Schlange, fährt mit seinem Fahrrad durch eine nächtliche Straße oder unterhält sich mit Freunden in einer Bar.

Traumphantastik des Alltags: Eine echte Leiche ("plastiniert", mumifiziert) als Schachspieler - eine der skurrilen Schöpfungen des Anatomieprofessors Günther von Hagens aus seiner aufsehenerregenden Wanderausstellung "Körperwelten".

Erhebende Flugerlebnisse sind kein Privileg des Traumes mehr. Man kann sie heute auch in der Wirklichkeit beim Fallschirmspringen und anderen luftigen Sportarten genießen. Beim Bungeespringen lassen sich sogar die Gefühle wie bei Fallträumen nachempfinden.

Derartige Träume vergessen wir viel leichter als die anderen, da sie so gar nichts Spektakuläres an sich haben. Da ist keine Symbolik zu erkennen, keine Emotionen bringen uns durcheinander, und es geht recht langweilig zu. Das ist aber genau der Abklatsch unserer trivialen, materiellen Wirklichkeit, in der wir auch nicht täglich eine Blinddarmoperation haben, auf Stelzen gehen, aus dem Fenster fallen oder von der Kripo gejagt werden.

Wenn also diese Nachtgeschichten die Fortsetzung des Alltagsgeschehens darstellen, wo bleibt dann der Unterschied von Traum und Wirklichkeit? Mit einem Hangglider können wir heute gleichfalls in der Luft herumfliegen und dasselbe Schwebegefühl genießen, wie im Traum. Beim Bungeespringen lassen sich sogar die Gefühle hervorrufen, die man bei Fallträumen empfindet. "Nichts ist, wie es scheint" - Sinnestäuschungen also allerorts. Selbst, wenn Sie "life" im Fernsehen an einem Formel-1-Autorennen teilnehmen, ist diese Sendung alles andere als "objektiv", sondern wird am Mischpult des Sportmoderators "gestaltet" und besteht außerdem nur aus trügerischen, auf die

Mattscheibe projizierten Farbpixeln, die sich erst auf unserer Netzhaut zu einem vollständigen Bild zusammensetzen.

Schließlich noch ein letztes Beispiel: Es gibt eine mit sensationellem Erfolg in der ganzen Welt gezeigte Wanderausstellung des Anatomieprofessors Günther von Hagens. Sie zeigt Dutzende von ihm präparierte und künstlerisch gestaltete echte Leichen (Plastinate) in verschiedensten Darstellungen und Variationen. Wer einmal mit spürbarem Herzklopfen durch die Räume mit ihren instruktiven und informativen Scheußlichkeiten gegangen ist, kann sich kaum vorstellen, dass unsere Träume, die wahrlich nicht zimperlich und einfallslos sind, in der Lage wären, ein derartiges Horrorkabinett mit Figuren zu schaffen, wie sie in dieser erstaunlichen Perfektion gestaltet sind. Albträume wohnen also bereits mitten unter uns im Leben ...

4.

Erotische Träume und Nacktträume

Sie kennen sicher den Filmklassiker "Dr. Jekyll und Mr. Hyde". Ein Mann geht tagsüber als ehrbarer Arzt untadelig seinen beruflichen Pflichten nach. Nachts jedoch verwandelt er sich durch Einnahme eines von ihm entwickelten Geheimtranks in einen hemmungslosen Triebtäter, der ganz London unsicher macht und selbst vor Gewaltverbrechen nicht zurückschreckt. Kaum von seinen Ausschweifungen morgens nach Hause zurückgekehrt, schlüpft er durch Einnahme eines Gegenmittels wieder in die gewohnte Rolle des harmlosen Biedermanns. Niemand ahnt etwas vom Doppelleben dieses Menschen.

Oben: Auch bei erotischen Träumen können hinter oft surreal anmutenden Sinnbildern tiefsitzende psychische Verletzungen aus früheren Lebensepochen stammen (Bild: "Die Vergewaltigung" von René Magritte).

Der Film wurde nicht nur deshalb ein Riesenerfolg, weil die äußerliche Veränderung des Hauptdarstellers vom Mediziner zum Unhold maskenbildnerisch faszinierende, gruselige Effekte ergab, sondern wohl auch deshalb, weil sich viele Kinobesucher in diesem Prototyp einer "gespaltenen Persönlichkeit" wiedererkannten. Warum wohl? Sie haben es bereits geahnt: Auch wir, jeder von uns, hat ei-

Oben und rechts: Erotische Träume kennen keine Tabus. Ein junges Mädchen berichtet ihrer Freundin von einem Serientraum, in dem immer wieder eine Bierflasche wiederkehrt, die sie sich entweder in die Vagina oder zwischen die Schenkel steckt. Bei dem phallisch geformten Gegenstand handelt es sich natürlich um ein sexuelles Symbol.

"Auf dem Boden lag ein Spiegel. Ich war völlig nackt und betrachtete von oben her meinen Körper, insbesondere aber die Schamlippen meiner Vulva, deren Form mich stark interessierte: Hierbei überkam mich ein starkes Lustgefühl, und ich begann zu onanieren."

ne "Nachtseite", die er sorgfältig vor anderen verbirgt, weil sie sich nicht mit den Normen, Spielregeln und moralischen Vorstellungen unserer Gesellschaft deckt. Da sich aber unsere natürlichen Impulse nicht einfach so unter den Teppich kehren lassen, versuchen sie, sich ein Ventil zu verschaffen und sich zumindest in unserer Traumwelt auszuleben. Ein Großteil unserer erotisch gefärbten Träume ist daher also durchaus "kompensatorischer" Art, d.h. sie haben eine "Ersatzfunktion" für alle denkbaren Frustrationen. In den verschwiegenen Kammern unseres Unterbewusstseins können wir unbemerkt und ungestraft all jenen "Lastern" frönen, deren Ausübung uns im Alltag verwehrt ist. Und Schuldgefühle brauchen wir schon deswegen nicht zu empfinden, weil sich z.B. Perversitäten und eindeutig "wollüstige" Träume, die von der "Freiwilligen Filmselbstkontrolle" als "nicht jugendfrei" eingestuft würden, ohne unsere ausdrückliche Zustimmung abspielen.

Viele Frauen möchten gerne aus ihrer langweiligen Ehe ausbrechen. Was im Leben nur schwer möglich ist, können sie zumindest in Form von Seitensprüngen ("one-night-stands") in ihren Träumen ausleben.

Dies veranlasste schon vor vielen Jahrhunderten den Hl. Augustinus zu dem erleichterten Ausspruch: „Ich danke Gott, dass ich nicht für meine Träume verantwortlich bin!" Der große Kirchenlehrer hatte nämlich in seinen Sturm- und Drangjahren als Frauenheld ein rechtes Lotterleben geführt. Nach seiner Hinwendung zum spirituellen Wahrheitssucher und seiner Bekehrung zum christlichen Glauben ließen ihn natürlich die "Geister der Vergangenheit" nicht los, und er erlag in seinen Träumen immer wieder weiblicher Verführungskunst. Die ihm auferlegte körperfeindliche Haltung wurde also von seinem eigentlichen Wesenskern nicht mit vollzogen.

Doch wie dem auch sei und wie immer Sie persönlich zu Sex, Liebe oder Treue stehen: Wenn Sie sich ernsthaft und kritisch mit Ihren Träumen auseinandersetzen wollen, dürfen Sie nicht prüde und zimperlich sein, jedenfalls, was die unvoreingenommene Beurteilung von Handlungen betrifft, die als "sündhaft", ja sogar als "abartig" gelten und zu denen Sie sich im Alltagsleben niemals hinreißen ließen. Sie können die beste Erziehung in einem Internat oder gar in einer Klosterschule genossen haben: Ihr Unterbewusstsein hat davon garantiert nichts mitbekommen, im Gegenteil - es verhält sich nicht nur in jeder Beziehung unmoralisch, sondern sogar völlig amoralisch. Das heißt, in unserer Traumwelt herrscht totale tabufreie Anarchie! Die Angst davor, in diese Abgründe Ihres Inneren sehen zu müssen, veranlasst denn auch viele Menschen, gewisse Vorkommnisse schleunigst aus der Erinnerung zu tilgen.

Welcher Vater möchte sich auch eingestehen, im Traum ein Techtelmechtel mit seiner Tochter eingegangen zu sein, und welche Mutter wäre nicht entsetzt darüber, sich mit ihrem leibhaftigen Sohn im Bett vergnügt zu haben. Dabei sind "Inzestträume" bei weitem nichts Ungewöhnliches. Derartige Geschichten, sollten Sie gelegentlich da hineinschlittern, brauchen Sie also nicht zu beunruhigen. Sie geben nämlich nicht unbedingt einen verräterischen Hinweis auf verdrängte, uneingestandene Wünsche, son-

Darf man im Büro erzählen, dass man im Traum ein intensives lesbisches Verhältnis mit einer Kollegin hatte? Werden dadurch heimlich genährte, unterdrückte Gefühle entlarvt oder handelt es sich dabei nur um eine bedeutungslose Variation einer versteckten Sehnsucht nach "menschlicher Nähe"?

dern können auch als Metaphern für andere Spannungen verstanden werden. So erzählte Cäsar, bevor er den Rubikon überschritt und den Angriff auf seine Geburtsstadt Rom einleitete, mit seiner Mutter geschlafen zu haben. Dies entsprang kaum seinem latenten, konkreten Wunsch, mit seiner Mutter eine sexuelle Beziehung zu unterhalten. Vielmehr war Rom seine "Mutterstadt", die ihn gebar, und er empfand es instinktiv als einen Frevel, sie mit Krieg zu überziehen.

Auch wenn Sie im Traum einen Seitensprung begehen, muss das noch lange nicht heißen, dass Sie Ihrem Mann die Treue aufkündigen wollen. Aber überlegen Sie doch einmal, warum es gerade Paul Newman (Paul Neumann!) sein musste, den Sie heimlich im Hotel trafen. Sie hatten ein Abenteuer mit Ihrem Bruder Markus. Was für eine Schande?! Na wenn schon! Ist Ihnen nicht aufgefallen, dass er Ihrer "alten Flamme" ähnlich sieht, einem Ihrer früheren Liebhaber, der Ihnen neulich wieder zufällig über

Die schwarze amerikanische Tänzerin Josephine Baker wagte es in den 20'er Jahren als erste, splitternackt auf der Bühne aufzutreten - nur mit ihrem berühmten "Bananengürtel" angetan. Einerseits begeistert bejubelt, wurde sie deswegen auf ihren Welttourneen von Moralisten heftig angefeindet.

Was im Nacktraum nicht gelingt, macht die Kunst möglich. So lässt der französische Maler Paul Delvaux diese beiden jungen, hübschen Damen fast unbekleidet und dennoch völlig ungeniert auf der Promenade lustwandeln. Sie fühlen nicht die geringste Scham, ihren Körper in aller Öffentlichkeit zu entblößen.

den Weg gelaufen ist? Und dass Sie den Heiratsantrag von Jon Bon Jovi angenommen haben, obwohl Sie bereits in festen Händen sind, sollte Sie nicht aus der Fassung bringen.

Sehen Sie doch öfters Ihren Traumproduzenten auch als einen Filou, der über einen sarkastischen Humor verfügt und gelegentlich seinen Schabernack mit Ihnen treibt. Selbst wenn er Sie im Supermini als Straßendirne an eine Bordsteinkante plaziert, ist damit noch lange nicht gesagt, seiner Meinung nach gehörten Sie auf die Reeperbahn. Vielleicht liegt ihm nur daran, Sie mit diesem drastischen Beispiel aus Ihrer emotionalen Lethargie herauszulocken und Sie vor eingeschliffenen Verhaltensweisen zu warnen, falls er überhaupt daran interessiert ist, dauernd mit erhobenem Zeigefinger an Ihnen herumzukritisieren. Versuchen Sie doch einmal, sich in Ihr Unterbewusstsein zu versetzen. Es ist ja 24 Stunden ununterbrochen wach;

Illustration aus dem letzten Jahrhundert. Auch damals schon hatten die Menschen peinliche Träume. Hier erscheint die Träumerin "splitterfasernackt" mit ihrem Ehemann bei Gastgebern, die sie zum Essen eingeladen haben.

aus seiner angeborenen Ruhelosigkeit verfällt es dann eben manchmal auch auf ausgesprochene "Schnapsideen". Blättern Sie doch in Ihren Traumaufzeichnungen etwas zurück und Sie werden feststellen, dass alle diese Kurzgeschichten nicht gerade hohen literarischen oder therapeutischen Ansprüchen genügen.

Doch Spaß beiseite. Es kann auch das Gegenteil eintreten, nämlich: Sie haben tatsächlich schwere psychische Konflikte, die im Libido-Bereich wurzeln und die sich womöglich schon auf neurotische Weise äußern. Jetzt wäre Ihrer Meinung nach die Zeit gekommen, dass Ihre Träume Ihnen eine optisch deutliche Schützenhilfe bei der Aufarbeitung dieser Probleme geben. Aber nein, diesmal maskieren sie sich mit allen möglichen Tricks, schicken beispielsweise Tiere ins Rennen, von denen es heißt, sie verkörperten Weiblichkeit, Fruchtbarkeit, Männlichkeit, Leidenschaft, Begierde und dgl. Dann tauchen nachts bei Ihnen im Schlaf Löwen, Pferde, Elefanten, Schlangen, Hasen oder Maikäfer auf, und Sie müssen erst im Traumlexikon nachschlagen, was ihre Bedeutung ist. Natürlich wird auch mit den sogenannten "Sexsymbolen" nicht gegeizt, sei dies der Wink mit dem phallisch anmutenden Zaunpfahl, der Zigarre, dem Kirchturm oder dem Kugelschreiber. Aber verlieren Sie wegen dieser Schwierigkeiten nicht gleich die Geduld: Sie stehen ja erst am Anfang Ihrer Traumforschung.

In der Zwischenzeit sollten Sie sich vielleicht noch etwas mehr mit dem "Fall" Dr. Jekyll / Mr. Hyde beschäftigen. Dabei können Sie zu mancherlei neuartigen und überraschenden Erkenntnissen über Ihr eigenes "Doppelleben" kommen. Dass Ihr "Traum-Ich" keineswegs immer mit Ihrem bewussten Tages-Ich, dem "Ego", identisch ist, haben auch Sie sicher schon bei sich festgestellt. Es scheint aber nicht nur oft einen völlig anderen Charakter zu haben, sondern Sie finden sich manchmal sogar in ein anderes Lebensalter versetzt. So kann es beispielsweise vorkommen, dass Sie sich als kleines Schulmädchen sehen. Kehrt dieser Traum häufig wieder und ist er mit schlimmen Furchtgefühlen verbunden, liegt es nahe, auf eine emotionale Verletzung zu schließen, die Sie - wohl anläss-

Eine höchst peinliche Szene erlebte eine Träumerin in der Bekleidungsabteilung eines Kaufhauses. Da diese über keine Wechselkabine verfügte, musste sie sich vor den Augen des Personals und aller anderen Kunden umziehen und stand soviel wie nackt vor ihnen da.

lich eines schockierenden Erlebnisses - in Ihrer Jugendzeit erhalten und danach verdrängt haben. Da bleibt nichts anderes übrig, als diesem "Trauma" nachzuspüren und sich ganz offen dem betreffenden Vorfall zu stellen.

Weniger mysteriös ist es, wenn Sie sich hüllenlos in der Öffentlichkeit zeigen. Fast jeder hatte schon Träume, in denen er sich nackt oder nur spärlich bekleidet sah. Die Situation ist meist mit einem derartigen Gefühl von Peinlichkeit und Verlegenheit verbunden, dass man am liebsten im Erdboden versinken möchte. Noch nach Tagen kann Ihnen die Schamröte ins Gesicht treten, wenn Sie sich vorstellen, wie sehr Sie sich vor anderen "bloßgestellt" haben. Was glauben Sie, was dahinter steckt? Von wem "fürchten" Sie, durchschaut zu werden? Oder macht Ihnen ein "Figurproblem" zu schaffen? Sind Sie der Ansicht, gewisse Proportionen stimmten nicht? Dann nehmen Sie sich die berühmten "Flitzer" zum Vorbild, die vor ein paar Jahren splitterfasernackt und unbekümmert durch unsere Straßen liefen. Zur Nachahmung als "Therapie" jedoch nicht empfohlen!

Eingeborenenstämme heißer Länder kannten früher, bevor sie mit der Zivilisation in Kontakt kamen, keine Scheu voreinander wegen ihres Naturzustandes. Ähnlich verhält es sich mit kleinen Kindern; man sieht ihnen sogar richtig die Freude an, wenn sie unbekleidet am Strand umhertollen können. Letztlich lebten auch unsere Stammeltern Adam und Eva ursprünglich in aller Unschuld so, wie "Gott sie schuf". Erst nach ihrer Vertreibung aus dem Paradies entwickelten sie Genierlichkeit und bedeckten ihre Blößen mit einem Feigenblatt.

5.

Träume vom Fliegen, Fallen, Verirren, Verspäten

Nichts ist schöner als Fliegen! Das hat sich auch schon unter Träumern herumgesprochen. Und so gehen allnächtlich auf der ganzen Welt unzählige Menschen in die Lüfte - sei es, um über einem ganz bestimmten Ort zu kreisen, sei es, um eine ausgedehnte Flugreise in weit entfernte, fremdartige Länder zu unternehmen. "Völlig losgelöst" von aller Erdenschwere, wie von günstigen Aufwinden getragen, gleiten sie mit ausgestreckten Armen dahin und erleben die Welt unter sich aus der Vogelperspektive!

Oben: Nichts ist schöner als Fliegen! Völlig losgelöst von allen irdischen Verstrickungen schwebt die Träumerin über ihre Heimatstadt hinweg. Jetzt ist sie "denen da unten" endlich weit überlegen.

Der Flugtraum als Wunschtraum. Ein Liebespaar möchte der Bürgerlichkeit und Intoleranz seines Heimatdorfes entfliehen und einer schöneren Zukunft entgegen schweben. (Gemälde von Chagall)

Es gibt gewisse Traumerlebnisse, die alle Menschen schon einmal hatten. Auch Sie sind sicher schon einmal in die Schule zurückgekehrt und mussten eine Prüfung wiederholen, die Sie für längst bestanden hielten. Oder Sie rannten angsterfüllt durch ein Treppenhaus oder eine Tiefgarage und wurden von einem Finsterling oder der geheimen Staatspolizei verfolgt. Ähnlicherweise gehören auch Flugträume zu den "Standardträumen", die bei uns allen häufig wiederkehren, ganz in der Art, wie sie einmal eine 42-jährige Angestellte aus Düsseldorf erlebte:

„Nach dem Tode meines Mannes habe ich sehr große finanzielle Schwierigkeiten", berichtet sie. *„Ich weiß kaum, wie ich mich allein durchbringen soll und fürchte mich vor der Zukunft ohne Lebensgefährten. Nun träume ich seit einiger Zeit immer wieder, dass ich fliegen kann. Ich fliege einfach durchs Fenster hinaus und über die Dächer hinweg. Gestern sah ich meine Heimatstadt unter mir. Ich war neugierig, ob mich jemand würde erkennen können und schwebte auf den Marktplatz zu. Ich entdeckte ein kleines Geschäft, das mich an einen Kaufladen erinnerte, in dem ich als junges Mädchen in die Lehre gegangen war. Doch im nächsten Augenblick wurde ich schon wieder nach oben getragen. Ich spürte*

die Wärme der Sonne, die jetzt zwischen den Wolken hervorbrach, und dachte: Warum fliege ich eigentlich nicht nach Amerika?"

Derartige Träume geraten nur selten in Vergessenheit, denn sie sind für die Traumperson mit einem ausgeprägten euphorischen "Hochgefühl" verbunden, das sie noch lange in Erinnerung behält. Wer solche Flüge schon unternommen hat, weiß, wieviel Vergnügen sie einem bereiten können. Viele sehen in ihnen sogar ihre angenehmsten Träume überhaupt. Man fühlt sich in die Rolle der Filmfiktion "Batman" ("Fledermausmann") versetzt. Die Flugrichtung wird einfach von Gedanken und Gefühlen gesteuert; Armbewegungen sind unnötig. Mühelos also hebt man vom "harten Boden der Wirklichkeit" ab, lässt alle Lebenskonflikte hinter sich und gleitet durch eine als zeit- und grenzenlos empfundene Welt, in der es keine Bedrängnisse und Zwänge gibt. Insofern sind also Flugträume unschwer zu deuten - zumal wenn sie, wie bei obigem Beispiel, nostalgisch gefärbt sind. Nicht zufällig, sondern typischerweise flog die Träumerin ja zu ihrem Heimatort, wo sie eine sorgenfreie Jugend verbracht hatte. Und im

Wenn es einmal zu keinem richtigen Höhenflug reicht, so lassen sich ersatzweise "kleine Sprünge" machen. Auch damit kann man Hindernisse überwinden, die einem jemand (beruflich?) in den Weg gelegt hat.

"Land der unbegrenzten Möglichkeiten" - denkt sie! - könnte ihr vielleicht doch noch das Glück lachen.

Aber indem man seinen existentiellen Problemen einfach "davonfliegt", hat man sie natürlich noch lange nicht gelöst, wie man beim Erwachen aus derartigen "Entlastungsträumen" oder "Wunschträumen" sehr schnell feststellen wird. Sie kompensieren nur kurzfristig, auf was sie meist hindeuten: gescheitert zu sein oder aus einer als leidvoll empfundenen Situation nicht herausfinden zu können. Oft symbolisieren sie den Wunsch, "nach oben" zu kommen, vielleicht andere "überflügeln" zu wollen - sei es, um ein geringes Selbstwertgefühl zu überspielen, sei es aus falsch verstandenem Ehrgeiz nach Erfolg um jeden Preis. Doch: "Hochmut kommt vor dem Fall". Ein Flugtraum kann also auch eine Warnung vor Überheblichkeit sein und ein Hinweis, sich nicht in phantastischen Lebensvorstellungen zu verlieren, sondern die Wirklichkeit im Blickfeld zu behalten. Es könnte dem "Traumtänzer" sonst ergehen, wie Dädalus in der griechischen Mythologie, der seiner Gefangenschaft auf der Insel Kreta mit selbstgebastelten Vogelflügeln zu entwischen versuchte. Im Übermut der neu gewonnenen Freiheit kam er der Sonne zu nahe. Die mit

Wachs verkitteten Federn lösten sich infolge der Hitze voneinander und er stürzte ins Meer. Flug und Fall liegen also nicht weit voneinander entfernt. Erfolgreiche Männer, wie Politiker oder Manager, träumen häufig vom tiefen Fall aus großer Höhe. Sie haben es bei Kollegen erlebt, wie schnell man "weg vom Fenster" ist und von der schwer erkämpften Chefetage wieder auf die Straße zum einfachen Fußvolk hinabpurzelt.

Wenn dagegen Frauen vom Fallen träumen, hat dies zumeist eine andere Ursache. Ein besonders "beliebtes" Traummotiv ist der Sturz in den Abgrund. Darin drückt sich der Wunsch aus, sich endlich einmal "gehen lassen" und abends auch wie der "Hausherr" die "Beine ausstrecken" zu dürfen. Besonders berufstätige Frauen fühlen sich in ihrem Doppeljob überlastet und sind es leid, dauernd für andere sorgen zu müssen - vor allen Dingen, wenn dies nicht anerkannt wird. Jetzt beim Sturz sind sie aller Verantwortung "ledig", wie vor ihrer Verheiratung zur Single-Zeit. Sie brauchen sich um nichts mehr Gedanken

Linke Seite oben: Wer allzu hoch hinaus will und dabei der Sonne zu nahe kommt, wie Ikarus in der altgriechischen Sage, muss damit rechnen, dass sein Sturz desto tiefer sein wird. Die Angst vor dem Versagen kann sich so steigern, dass sie den Fall geradezu beschleunigt und herbeiführt.

Rechts: Eine junge Frau stürzt von einem Hochhaus in die Tiefe, schlägt auf den Asphalt und erwacht vor Schreck. "Fallträume" gehören zu den Standardträumen, die fast jeder Mensch schon einmal erlebt hat.

zu machen, sondern können sich ganz passiv verhalten und einfach abwarten, was geschieht. Natürlich stößt die Träumerin beim Straucheln einen Entsetzensschrei aus, aber kurz danach, beim eigentlichen Fallen, verspürt sie seltsamerweise ein Gefühl der "Entlastung" und Erleichterung. Auch wird sie von der Zuversicht "getragen", dass ihr letztlich nichts passieren wird. Tatsächlich hat sich noch niemand im Traum beim Aufprall auf den Boden die Knochen gebrochen! Statt dessen pflegen wir entweder rechtzeitig aufzuwachen oder wir landen wie ein geübter Fallschirmspringer zu unserer Überraschung sanft auf einer Wiese. Sie sehen also, Traumdeutung ist gar nicht so schwer. Oft genügen ein wenig Phantasie und Alltagspsychologie, um den Sinn der Bildabfolgen zu verstehen.

Doch kommen wir noch einmal auf unsere Fliegerin vom Anfang zurück. Nehmen wir an, es wäre ihr tatsächlich geglückt, sich im Traum ins Ausland abzusetzen. Dann könnte sie demnächst folgende Geschichte erzählen:

„Ich schlendere durch das Regierungsviertel einer indischen Großstadt. Wohin ich schaue, prunkvolle, unwirk-

"Hochmut kommt vor dem Fall". Künstler befürchten häufig, dass sie plötzlich nicht mehr gefragt und "weg vom Fenster" sind. In diesem Albtraum stürzt eine Opernsängerin unvermittelt in den Orchestergraben.

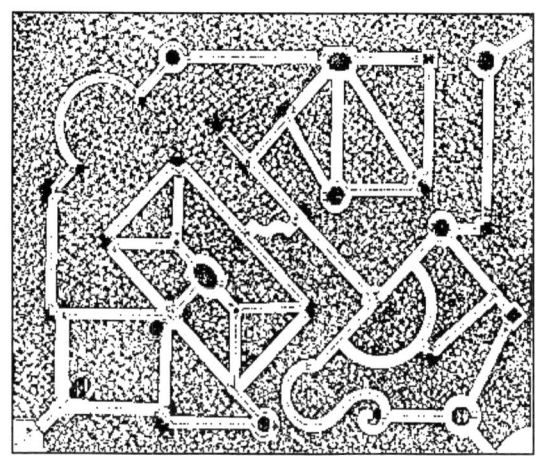

Wer in ein Gartenlabyrinth gerät, hat nichts zu lachen. Kinogänger kennen nur allzu gut das Horrorgefühl aus dem Thriller "Shining" mit Jack Nicholson.

lich anmutende Paläste, wie ich sie noch nie gesehen habe. In einem Garten drängen sich ein paar Pfauen zusammen. Einer von ihnen schlägt ein Rad. Jetzt komme ich in eine Gegend, die sehr verwahrlost wirkt. Da ich fürchte, mich zu verirren, wenn ich weitergehe, möchte ich ins Hotel zurück. Doch wo ist es? Ich kann niemand danach fragen, denn die Leute auf den Straßen verstehen mich nicht. Außerdem habe ich seinen Namen vergessen. Völlig orientierungslos laufe ich an Eisenbahnschienen entlang. Eine richtige Panik hat mich erfasst."

„Aber hören Sie mal, gnädige Frau", wäre man geneigt nachzuforschen, "warum gehen Sie denn ohne Stadtplan (ohne "Planung") aus dem Haus? Und was haben Sie überhaupt in Indien verloren? Warum sind Sie nicht in Düsseldorf geblieben?"

Genau das wären die Fragen, die Sie sich selbst vorlegen müssten, wenn Sie in derart missliche Situationen geraten. Denn Träume, in denen Sie den Kontakt zu einer Reise-

gruppe verloren haben, in denen Sie hilflos in fremder Umgebung umherirrten, nicht mehr zu Ihrer Wohnung zurückfanden oder vergaßen, wo Ihr Auto parkt, plagten Sie sicher schon mehrere Male. Was glauben Sie, welche ganz realen Befürchtungen dahinter stecken? Diesmal erhalten Sie keinen hilfreichen Tipp!

Ähnlich unangenehm kann es werden, wenn Sie einen Zug verpassen. Spinnen wir einmal die vorhergehende Geschichte noch weiter. Die Touristin also, die frustriert die

Linke Seite und rechts:
Bahnhöfe, Züge oder / und
Geleise haben einen besonders
hohen Symbolcharakter. Sie
können uns viel über geplante
Veränderungen in einer
Lebenssituation sagen, z.B.
hinsichtlich gefasster
Entschlüsse oder Ängsten,
bestimmten Anforderungen
nicht gewachsen zu sein, "zu
spät" zu kommen oder das Ziel
zu verpassen und auf ein
Nebengleis zu geraten.

Eisenbahnschienen entlanglief, stieß (mit mehr Glück als Verstand) auf einen Bahnhof: Rettungsanker für viele "Gestrandete" und Schaltstation bei Lebensveränderungen aller Art. Nun darf sie zuverlässig hoffen, schnell abreisen zu können. Doch was geschieht diesmal:

„Ich gehe mit einem schweren Koffer zum Bahnhof. Es ist wirklich höchste Eisenbahn! Mein Zug steht schon da; in zwei Minuten wird er abfahren. Doch an der Sperre hält mich ein mürrischer Beamter auf. Er will mich ohne Fahrkarte nicht durchlassen. Ich schreie ihn an, dass sei jetzt nicht so wichtig - ich müsse unbedingt noch den Zug nach Heringsdorf erreichen. Da meint er gleichgültig, der stünde aber ganz hinten auf Gleis 8. Ich also nichts wie durch die Unterführung und die Treppe wieder hoch zum Bahnsteig. Doch als ich dort mit letzter Kraft eintreffe, fährt er mir direkt vor der Nase weg. Ich sehe ihn nur noch von hinten aus der Halle rollen. Gestikulierend renne ich ihm noch ein paar Meter hinterher. Natürlich erfolglos. Als ich meinen stehen ge-

lassenen Koffer wieder an mich nehmen will, muss ich zu meinem Schrecken feststellen, dass er spurlos verschwunden ist. Wahrscheinlich gestohlen!"

Eine solche Pechsträhne kann einem ganz schön zusetzen. Wie froh ist man dann, wenn man beim Erwachen feststellt, dass dies alles nur ein "Nachtgesicht" gewesen war; doch sicherlich keines, das Sie zur Pünktlichkeit erziehen wollte. „Wer zu spät kommt, den bestraft das Leben", sagte einst der weise Gorbatschow. Diesen Ausspruch bezog er sicher nicht auf verpasste Zugverbindungen. Seien Sie dennoch anspruchsvoll in der Wahl der Verkehrsmittel, wenn Sie im Traum mal wieder verreisen: Nichts gegen die Eisenbahn. Aber Fliegen ist schöner!

6.

Frauenträume – Männerträume

Als Linda de Mol vor einigen Jahren ihre Erfolgsserie "Traumhochzeit" startete, rieben sich die Fernsehdirektoren bei RTL schon nach den ersten Ausstrahlungen die Hände. Die Zuschauer waren hell begeistert und brachten dem Sender auf Anhieb die erhofften hohen Einschaltquoten. Kein Wunder, denn das "Konzept" stimmte! Man hatte das Publikum ins Herz seiner Sehnsüchte getroffen. Tief verborgen in den Falten der Psyche fast aller Menschen, jedoch insbesondere bei Mädchen und Frauen, schlummert unauslöschbar der "Traum vom großen Glück", die

Oben: Der Teich als Symbol des Weiblichen, Geheimnisvollen und Unergründlichen.

Vorstellung eines harmonischen Zusammenlebens mit einem geliebten Partner. Hat dann die Glücksgöttin zwei Erdenbürger zu einem "Traumpaar" vereinigt, wird die Zeremonie traditionsgemäß mit großem Hallo und Pomp gefeiert: Hochzeitskutsche, weißes Brautkleid, Orgelklänge beim Durchschreiten des Kirchenschiffs und das gerührte Schluchzen der Brauteltern gehören zu einer "Traumhochzeit", wie Sonne zum Palmenstrand.

Oben: Heimliches Techtelmechtel einer Ehefrau mit dem attraktiven Freund ihres Mannes. Nach dem Erwachen hat sie ein schlechtes Gewissen, da sie fürchtet, ihre Zuneigung sei entdeckt und durch ein Schlüsselloch beobachtet worden.

Rechts: "Den Seinen gibt's der Herr im Schlaf!" Eine Frau hat ihren "Traummann" gefunden, und dieses Gefühl wird sie noch den ganzen Tag begleiten - auch wenn es auf einer "Illusion" beruht.

Die Hochzeit, der "schönste Tag" des Lebens, gilt für viele Frauen als Erfüllung ihrer größten Hoffnungen. Erscheint im Traum hierbei ein Huhn, lässt dieses auf einen ausgeprägten Kinderwunsch schließen, denn die "Glucke" ist Sinnbild des Mütterlichen. (Gemälde von Chagall)

Doch bevor es zu einem derartig märchenhaften Happy End kommt, ist bei jungen Mädchen das Bild des "Traummannes" schon längst in ihrer nächtlichen Traumwelt aufgetaucht. Mit Siebzehn hat man eben noch Träume, von deren Erfüllung man sich den Himmel auf Erden verspricht; da wird das Leben noch romantisch verklärt durch die rosafarbene Brille gesehen. Man hat es bei dem Film "Pretty Woman" erlebt: Auch ein Aschenputtel kann einen Prinzen bekommen, und so ist es ganz normal, wenn sich in den Träumen der Teenies Rockstars, Filmschauspieler oder Schmusesänger tummeln, von denen sie zärtlich umarmt oder gar geküsst werden. Aber eine feste Bindung sollte sich schon daraus entwickeln! Denken Sie doch einmal zurück, ob auch in Ihrer Jugend nicht hin und wieder ein Ehering eine Rolle spielte, den Sie zufällig auf der Straße fanden. Besser ließe sich wohl Ihr Wunsch, bald in den Hafen der Ehe einzufahren, nicht symbolisieren. Später geschah dann vielleicht das Gegenteil: Sie verloren ihn, er zerbrach oder Sie warfen ihn gar in einen Teich - getreuliches Abbild dafür, dass sich Ihre Illusionen verflüchtigt hatten und Sie jetzt womöglich wieder an Trennung von Ihrem Mann dachten.

Gerade, wenn es um eheliche oder sonstige partnerschaftliche Beziehungen geht, sind Träume ein aufschlussreicher Indikator. Mit fast seismographischer Genauigkeit registrieren und spiegeln sie Veränderungen der Gefühle, Gedanken und Tendenzen und erhellen schlaglichtartig unsere Bedürfnisse. Wenn die anfängliche "Zeit der Rosen" vorbei ist und der nüchterne Alltag Einzug hält, lassen sich ja Reibungen und Konflikte, die sich aus der Verschiedenartigkeit der Geschlechter und den oft konträren Charakteren und Interessengebieten ergeben, nicht vermeiden. Gefühle wie Eifersucht, Frust, Ärger, Wut etc. - falls sie unterdrückt werden - gleiten dann leicht in die Träume ab und werden dort in den verschiedensten Verkleidungen dargestellt und ausgelebt. Einstürzende Mauern oder Hausruinen weisen darauf hin, dass die Ehe in Scherben liegt, dass sie "kaputt" ist. Doch es kann noch schlimmer kommen. Vielleicht träumen Sie sogar, dass Ihr Partner bei einem Verkehrsunfall sein Leben verliert. Das will allerdings nicht besagen, dass er bei Ihnen auf der Todesliste steht! Aber es ist ein deutlicher Hinweis auf Ihre Entschlos

Eine Darstellung aus dem 19. Jh.: Der Ehemann, vom Pfeil des Eros getroffen, wendet sich einer anderen Frau zu. Die nagende Eifersucht der Ehefrau setzt sich im Schlaf fort und führt zu unangenehmen Konfrontationen.

„Ich stand vor einem alten, bärtigen Mann, der die Hörner eines Steinbocks auf der Stirne trug". Wohl Suche nach einem Vaterersatz, einer Leitfigur, einem "Guru", der die spirituelle Führung übernehmen soll.

senheit, das Verhältnis zu beenden ("Der ist für mich gestorben!"). Andererseits kann auch darin die Befürchtung zum Ausdruck kommen, was aus Ihnen werden soll, wenn er eines Tages nicht mehr da ist oder Sie verlässt. Vielleicht bewirkt diese "Vorwarnung", dass Sie künftig den "Wert" Ihrer "besseren Hälfte" wieder mehr einzuschätzen wissen und sich noch enger an Ihren Mann schmiegen. Der Traum hat Ihnen gezeigt, wie wetterwendisch das Schicksal ist und dass ein Ehering allein noch keine Garantie für eine ungestörte Zweisamkeit bildet.

Ganz allgemein gesehen träumen Frauen häufiger von Familienangehörigen als Männer. Insbesondere natürlich werden die Kinder zu zentralen Traumgestalten, von denen sie lebenslang fürchten, es könnte ihnen etwas zustoßen. Später erweitert sich der Kreis der Personen, die in den Szenarios auftreten, um Schwiegersöhne, Schwiegermütter, Enkelkinder usw. So folgt die Traumthematik der Frauen der Achterbahn des Lebens; auch die Mondphasen, biologischer Zyklus, Schwangerschaften und die Menopause bleiben nicht ohne Einfluss. Schauplatz der Handlungen sind meist vertraute Orte, wie Innenräume und Häuser, die dem Lebensbereich entsprechen, in dem sie sich im Wachzustand bewegen.

Ganz typisch hierfür ist der Traum einer Pforzheimer Hausfrau, die nach ihrer Scheidung und dem Fortgang aller Kinder von einem Gefühl innerer Leere bedrückt wurde:

„Ich bin in meinem Apartment, in dem ich lebte, als wir die Firma verkauften. Es kommt mir sehr leer vor. Es gibt fast keine Möbel, die Farbe blättert von den Wänden, die Fenster sind verstaubt und voller Spinnweben. Es scheint, dass niemand sonst in dem Gebäude wohnt. Ich suche verzweifelt nach meiner Tochter, aber auch sie ist nicht da."

In den letzten Lebensjahrzehnten stellen sich gerade Hausfrauen die bange Frage, ob denn nun das, was hinter ihnen liegt, "alles" gewesen sein soll. In den Träumen erscheint dann häufig die archetypische Figur des "weisen Alten", von dem sie hoffen, dass er ihnen als "innerer Führer" zur Seite steht und ihnen einen neuen Lebensinhalt erschließt. Dies kann jedoch auch schon in früheren Jahren geschehen, dann nämlich, wenn sich die Träumerin in einem "Selbstfindungsprozess" befindet, sich auf "Wahr-

Eine esoterisch ausgerichtete Frau träumte: "Ich hatte ein weißes Kleid an und tanzte wie ein Sufi (Mönch im Sufismus) wild im Kreis, bis ich fast ohnmächtig wurde ..."

Rechts: Manche religiös veranlagten Menschen haben oft Träume mystischer Art. Eine Frau träumte von Gott, den sie auf abstrakte Weise in dieser Zeichnung wiedergab.

Unten: Zeichnerische Umsetzung des skurrilen Traumes einer Musikstudentin: "Ich fuhr auf einem Boot, das von Wikingern besetzt war und die Form eines Drachens hatte, einen Fluss hinab. Die Bootsflanken bestanden aus Notenblättern, auf denen die Noten für einen Choral eingetragen waren."

heitssuche" begeben hat oder ganz bewusst nach dem höchsten Ziel, der "Erleuchtung", strebt. Auch in solchen Fällen personifiziert sich in ihrem Unterbewusstsein eine verständnisvolle, hilfreiche und autoritäre "Vaterfigur", die als "Ersatz" für den leiblichen Vater dient, vor allen Din-

Tiere, die im Traum erscheinen, sind von großer symbolischer Bedeutung, insbesondere, wenn es sich um mehrere Exemplare einer Gattung handelt. Katzen stehen für Anlehnungsbedürfnis, aber auch für Eigensinn und Ungebundenheit. Doch sie verkörpern auch das Mysteriöse, schwer Durchschaubare. Eine Schriftstellerin sah sich sogar in der Rolle der ägyptischen Katzengöttin.

gen dann, wenn sie mit diesem zerstritten ist. Unter solchen Konstellationen haben in den letzten beiden Jahrzehnten vor allem indische Gurus eine große Faszination auf westliche Frauen aller Altersgruppen ausgeübt, wohl auch deshalb, weil sie mit ihren langwallenden weißen Bärten dem traditionellen christlichen Gottesbild des "gütigen" Vaters sehr nahe kommen. Diese Standardvorstellung ist jedoch nicht ausschlaggebend. Von manchen Weisheitslehrern und "Meistern" wird angenommen, dass sie über ein derart magnetisches Charisma verfügen (gekoppelt an okkulte Fähigkeiten wie Hellsehen, Telepathie etc.), dass schon der Anblick ihres Fotos Emotionen hervorrufen kann. So wie dies bei dem glattrasierten, rotgewandeten, kraushaarigen Wundertäter Satya Sai Baba in Zentralindien der Fall sein soll, der weltweit über eine riesige Anhängerschaft verfügt. Viele Frauen, besonders in den Staaten und in Deutschland, haben glaubhaft versichert, dass er ihnen höchst persönlich im Traum erschienen sei, um sie als Schülerinnen in seinen Ashram in Puttaparthi zu rufen. Frauen mit spirituellen Interessen dagegen, die ein Personenkult abschreckt und die sich eher in ungebundene Richtungen entwickeln wollen, haben in ihren Träumen oft mystische Erlebnisse, in denen ihnen Gott auf abstrakte Weise, z.B. in Form eines Kreises oder eines sonstigen geistigen Symbols, erscheint.

Was nun die "Herren der Schöpfung" in ihrer Funktion als Traumproduzenten betrifft, so unterscheiden sich ihre Themen oft beträchtlich von denen der Frauen. Zwar müssen auch sie "Beziehungskisten" in den Griff bekommen, "Rosenkriege" führen und bei Gerichtsverhandlungen "Kramer gegen Kramer" zugegen sein, und die "Midlifecrisis" bleibt auch ihnen nicht erspart. Doch wenn bereits im Alltagsleben zwischen Ehepaaren Gefühle wie Abneigung, Hass oder Eifersucht dominieren - vor allen Dingen, wenn sie nicht ausgetragen, sondern verdrängt werden - besteht alle Wahrscheinlichkeit, dass sich diese

Symboltiere in Träumen: Das Pferd steht je nachdem als Metapher für naturhafte, ungezügelte Triebhaftigkeit. "Aus den heranbrandenden Wogen lief ein wilder Hengst auf mich zu." (Zeichnung einer Abiturientin nach dem Erwachen aus einem Traum.)

Männer und Waffen scheinen im Leben unzertrennlich zu sein. Selbst hinter dem Hobby des Sportschießens lauern oft noch die Urinstinkte des Cowboys, für den ein Menschenleben nichts zählt. Kein Wunder, wenn es auch in Träumen ähnlich kaltblütig zugeht.

Spannungen bei ihnen durch Gewalttaten in ihren Träumen entladen. Männer und Waffen scheinen nicht nur in der Wirklichkeit, sondern auch im Traumland wie Pech und Schwefel zusammenzugehören. Die Benutzung von Schießeisen, Messern, Dolchen und dgl. sind in ihren Träumen an der "Tagesordnung". Schon Sigmund Freud hat auf die phallische Form dieser Waffen (im Kriegsfall auf Raketen vergrößert) hingewiesen, mit dem ihre Besitzer auf symbolische Weise "penetrieren", d.h. "unter-

Eine zerschossene Fensterscheibe im Traum ist gewiss nichts Besonderes. Aber sie kann als Smybol gesehen wesentlich mehr über den Schützen aussagen, als man glaubt.

ordnen wollen (vom lat. "penetro": "ich dringe ein"). Doch wird natürlich auch der Einsatz von Schlagringen, Knüppeln oder einfach der bloßen Faust von ihrem Traum-Ich nicht abgelehnt, um eigenen Zielen zur aggressiven Durchsetzung zu verhelfen.

Da jedoch bekanntlich Männer viel mehr mit ihrem Job und ihrem Beruf "verheiratet" sind und Geld und Erfolg ei-

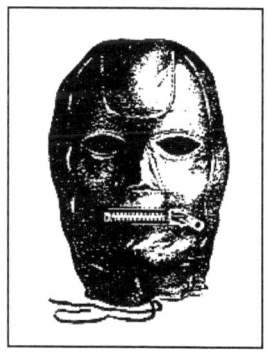

Surreale, schwer zu deutende Träume kommen natürlich auch bei Männern häufig vor. So träumte ein einfacher Bankangestellter eines Nachts zu seiner großen Verwunderung, er trage eine Gummimaske, deren Mundöffnung mit einem Reißverschluss "zugenäht" war.

nen hohen Stellenwert haben, stehen Träume, die sich um Karriere und Kollegen drehen, an erster Stelle ihrer Traumthematik. Wer beispielsweise im Musik- oder Showgeschäft tätig ist, wird sich sehr häufig auch im Traumland in dieser Umgebung wiederfinden - manchmal sogar in ganz alltäglicher und harmloser Weise. Wenn Männer davon träumen, dass sie wieder die Schulbank drücken, deutet das an, dass sie mit dem Erreichten nicht zufrieden sind und am liebsten noch einmal ganz von vorne beginnen möchten, um dann alles besser zu machen.

Häufiger als Frauen träumen sie davon, krank zu werden - Ausdruck ihrer Besorgnis, auf die Hilfe anderer angewiesen zu sein und ihre Unabhängigkeit zu verlieren. Ein Mann, der träumt, dass ihm alle Haare ausfallen und er eine Glatze bekommt, hat Angst vor dem Versagen in der Liebe. Haare sind ja das klassische Symbol für Vitalität.

Männer träumen am häufigsten von ihrem Beruf und von ihren Kollegen. Dieser Schlagzeuger sieht sich immer wieder beim Spiel mit seiner Rockband auf der Bühne. Gelegentlich fällt ihm dabei sogar eine Melodie ein.

Tarzan auf dem Löwen reitend als Ausdruck männlicher Stärke und Wildheit - ein Idealbild, mit dem "man" seine eigene Unvollkommenheit kompensieren kann.

Sie kennen vermutlich die biblische Legende: Als Delila ihrem geliebten Samson listigerweise seiner Lockenpracht beraubte, verlor er seine ganze Manneskraft. Und wenn ein Mann davon träumt, im Adamskostüm in der Öffentlichkeit aufzutreten, dann deutet das nicht, wie bei Frauen, auf mangelndes Selbstwertgefühl hin, sondern im Gegenteil: Er möchte sich mit seinem Body interessant ma-

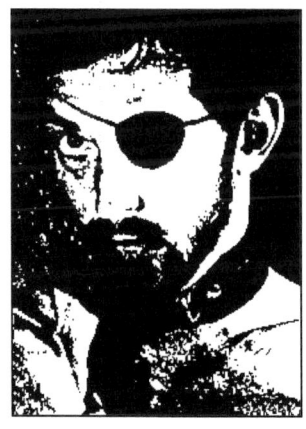

Wer eine Augenklappe trägt, ohne sie wirklich zu benötigen, möchte den Eindruck erwecken, etwas Besonderes zu sein, oder er glaubt, er könne sich durch Äußerlichkeiten zu einem gefährlichen Draufgänger (Pirat, Terrorist etc.) hochstilisieren.

97

Einem Träumer begegnet ein hässlicher, verkommener Mensch, vielleicht die eigene negative Seite seines persönlichen Charakters, eine "Projektion"? ("Bildnis des Dorian Gray", nach Oskar Wildes gleichnamigem Roman.)

chen und bewundert werden – besonders natürlich von der Damenwelt. Lassen Sie übrigens Vorsicht walten, wenn Sie auf einen Mann treffen, der häufig von leeren Zimmern träumt: Dies spiegelt bei ihm nicht Einsamkeit und Verlassenheit, sondern er ist ein Casanova, der offene Türen liebt und gewohnt ist, dass man ihm, ohne anzuklopfen, Einlass gewährt. Er gehört zur Sorte jener Herren, die "nicht einmal im Traum daran denken würden", zum Standesamt zu gehen.

Eine gewisse Sonderstellung im Traumleben des Mannes "genießen" die sogenannten "feuchten" Träume. Hierbei handelt es sich um geträumte Orgasmen, die so intensiv erlebt werden, dass sie sich physisch in einer echten und tatsächlichen Ejakulation äußern. Während dieses Phänomen bei Jugendlichen, insbesondere in der Pubertät, völlig normal ist, wird es von erwachsenen Herren als äußerst peinlich empfunden - vor allen Dingen, wenn sich die Spermaspuren ihrer Wollust in den Bettlaken eines Hotels "niederschlagen". Singles fürchten, das Zimmerpersonal glaube infolge besserer Erklärung, der Gast habe sich frühmorgens eigenhändig durch Masturbation Luft verschafft, um hormonelle Spannungen abzubauen.

Doch wenn sich auch, wie bei diesem etwas krassen Sonderbeispiel, Männerträume thematisch stärker auf ihre männliche Erfahrungs- und Erlebniswelt beziehen: Wenn es um die Traumkategorien geht, ist der Unterschied zwischen den Geschlechtern gleich Null. Hier wie dort wird durch die Lüfte geflogen, tabufrei gemordet, fallen Zähne aus, stürzt man aus dem Hochhausfenster, wird von Tieren oder der Polizei gejagt, in Katastrophen verwickelt und mit "daliesken" und "kafkaesken" Situationen konfrontiert. In diesem Punkt sitzen wir also in einem Boot und sehen uns denselben Deutungsfragen gegenüber.

Man kann jedoch von wissenschaftlichen Traumforschern oder populären Umfrageinstitutionen erstelltes statistisches Zahlenmaterial erhalten, mit dem sich allerdings nicht viel anfangen lässt. Sie können schon aus dem Grund nicht stichhaltig oder repräsentativ sein, da sie zwangsläufig eine Vielzahl unwägbarer Komponenten wie Alters-

Erfolgreiche Männer, wie realistisch denkende Spitzenpolitiker, Topmanager oder berühmte Künstler, die "mit beiden Beinen auf der Erde stehen", sind praktisch nie unter den Menschen zu finden, die sich mit dem Studium ihrer Träume befassen. Doch ihr Unterbewusstsein lässt auch sie nie aus den Augen.

gruppen, Lebensumstände, Klima, Jahreszeiten, Mond-phasen, gesundheitliche Befindlichkeiten, Ernährung, die jeweilige Berufssituation, den Familienstand oder die politische Weltlage gar nicht in Betracht ziehen können.

Nichtsdestoweniger nachstehend eine "Hitliste" über die häufigsten Traumthemen der Deutschen, wie sie sich bei einer Befragung von 18.000 Personen ergab.

Platz 1: Bei Männern = Job und Kollegen. Bei Frauen = engerer Bekanntenkreis und Freundinnen (im Guten wie im Bösen).

Platz 2: Die Eltern.

Platz 3: Die eigenen Kinder und banale Alltagserlebnisse.

Platz 4: Sex.

Platz 5: Eigene Haustiere, sodann Spinnen, Schlangen, Wölfe und Blutegel.

Platz 6: Das Zuhause.

Platz 7: Die Umwelt.

Dies klingt sehr stark nach "heiler Welt" - aber wir wissen aus eigener Erfahrung, dass sich die Geschehnisse wie bei einem Zerrspiegel in verschiedenste Facetten zerteilen und eine eigenständige Wahrnehmung der Traumdimension erzwingen.

Zum Schluss noch ein Hinweis auf Männer, die es "bis zur Spitze" geschafft haben. Als extrovertierte Menschen sind sie so stark und blindlings auf ihre Erfolgserlebnisse und die damit erzielte Anerkennung ihrer Leistung fixiert, dass sie jeglichen Bezug zur inneren, nichtmateriellen und paranormalen Welt verloren haben. Bekannte, berühmte und bejubelte Filmstars, Politiker, Künstler, Manager etc. sind praktisch nie daran interessiert, ihre Träume zu beobachten, sie zu sammeln und zu analysieren, um sich damit selbst besser kennenzulernen. Sie halten dies für eine Verschwendung ihrer kostbaren Lebens- und Arbeitszeit. Dem zum Trotz hält auch ihnen ihr Unterbewusstsein immer wieder in Form intensiver Alb-, Warn- und Krankheitsträume wie in einem Spiegel die Gebrechlichkeit ihrer Existenz und die Relativität ihrer Karrieren als "Menetekel" vor Augen.

7.

Albträume, Angstträume, Todesträume

Vor ein paar Tagen trugen Sie noch unter der Überschrift "Die schönen Pflanzen" folgenden heiteren, fast poetisch anmutenden Traum in Ihre Kladde ein:

„Ich bin im Garten meiner Freundin hinterm Haus. Ich gehe umher und bestaune die wunderschönen Pflanzen, die inzwischen herangewachsen sind. Überall stehen Blumen mit länglichen, schlanken Stengeln und purpurrot leuchtenden Blüten. Die Blätter sind rosafarben und von fast durchsichtiger Beschaffenheit wie japanisches Reispapier, das im Winde weht.“

Oben: Häufige Alpträume können dazu führen, dass Menschen, die sich vor ihnen fürchten, Schlaflosigkeit entwickeln. Dies ist jedoch der falsche Weg, um sie zu vermeiden. Da hilft nur, sich ihnen zu stellen.

Räuber oder Gangster sind hinter dieser Träumerin her. In panischer Todesangst versucht sie, ihnen zu entkommen.

Doch heute Nacht veränderte sich das Bild. Es kam ganz anders und zwar knüppeldick. „Träum' was Schönes!", hatte Ihnen vor dem Einschlafen Ihr Ehemann noch gewünscht, bevor er sich zur Seite legte und das Licht auslöschte. Was dann geschah, werden Sie wohl nie wieder im Leben vergessen. Noch ganz zittrig unter dem Eindruck des grauenvollen Erlebnisses griffen Sie frühmorgens zu Papier und Kugelschreiber und notierten fassungslos unter dem Titel "Die Leiche im Koffer" eine völlig andere Story:

„Ich habe einen Menschen umgebracht und taumle auf der Flucht vor der Polizei durch die Nebelschwaden der nächtlichen Heide. Ich trage einen bleischweren Koffer, in dem sich die Leiche befindet. Ich will sie wegschleppen, irgendwo begraben - am besten in einen tiefen See werfen, wo sie nie mehr gefunden werden kann. Hinter jedem der Sträucher vermute ich einen

Verfolger. Eine furchtbare Angst sitzt mir im Nacken. Ich will den Koffer stehen lassen, um schneller laufen zu können, aber der Griff klebt an meiner Hand, ich kann den Koffer nicht wegkriegen, nicht loswerden. Rabenartige, gespenstische Wesen scheinen mit langen Armen nach mir zu greifen und meinen Kopf zu berühren. Schweißgebadet vor Entsetzen erwache ich."

Ein Albtraum, wie er im Buche steht! Ab jetzt in Ihrem Traumtagebuch nachzulesen. Das ist der Stoff, aus dem der berühmte Krimiautor Stephen King seine Horrorgeschichten zusammenbastelt. Es ist schon widersinnig: Da haben Sie im Traum einen Menschen um die Ecke gebracht – gerade Sie, die Sie in Wirklichkeit keiner Fliege etwas zuleide tun können. Ein kaltblütig durchgeführter Mord! Und jetzt wollen Sie sich der irdischen Gerechtigkeit entziehen und alles vertuschen, was auf Ihre Täterschaft hinweist. Wie kann nur so etwas passieren? Sie verstehen die Welt nicht mehr.

Doch wer noch nie einen derartigen Traum hatte, der werfe den ersten Stein auf Sie! Und dann bedenken Sie: Ihr Unterbewusstsein muss gelegentlich zu solch drasti-

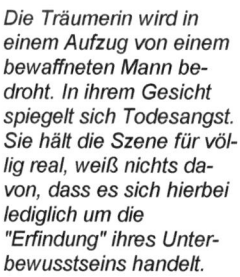

Die Träumerin wird in einem Aufzug von einem bewaffneten Mann bedroht. In ihrem Gesicht spiegelt sich Todesangst. Sie hält die Szene für völlig real, weiß nichts davon, dass es sich hierbei lediglich um die "Erfindung" ihres Unterbewusstseins handelt.

schen Methoden greifen, um sich verständlich zu machen und auf den Punkt zu kommen. Kein Albtraum entsteht zufällig. Kein Albtraum will Sie grundlos erschrecken, quälen oder strafen, wie es oft den Anschein hat, sondern er will Sie auf unbewältigte Probleme in Ihrer Psyche hinweisen, die Sie bisher hartnäckig verdrängt haben. Der Schock beim Erwachen soll dazu verhelfen, die Lektion nicht so schnell zu vergessen. Dennoch stellen sich die meisten Menschen taub und tun, als sei nichts gewesen. Aber das ist genau das falsche Verfahren, um sie sich vom Hals zu halten. Das Gegenteil geschieht. Nach dem Motto: "Wer nicht hören will, muss fühlen!" kehren sie in schöner Regelmäßigkeit, wie lästige Hunde oder Fliegen, so lange wieder, bis man sich mit ihnen auseinandersetzt. Wiederkehrende Träume - "Serienträume" - sind das letzte Mittel des Traumproduzenten bei seinem Versuch, dem Träumer Dinge bewusst zu machen, vor deren Bearbeitung er sich drücken

Das Entsetzen eines Menschen entlädt sich in einem Schrei (berühmtes Gemälde von Edvard Munch mit dem Titel "Der Schrei").
Viele Menschen wachen sogar bei einem Albtraum schreiend auf.

Serienträume, in denen sich bestimmte Szenen auf dieselbe Weise wiederholen, sind ganz offensichtlich darauf angelegt, uns auf ein bestimmtes, ungelöstes Problem in unserem Leben aufmerksam zu machen. Man sollte sich deshalb intensiv damit beschäftigen.

möchte. Eine Folge von Albträumen mit derselben Handlung signalisiert also höchste Alarmstufe!

Natürlich ist es nicht gerade vergnüglich, sie analysieren zu müssen. Es gibt sogar Menschen, die kaum einzuschlafen wagen, weil sie sich vor wiederkehrenden Albträumen fürchten. Aber letztlich bleibt doch nichts anderes übrig, als den "Stier bei den Hörner zu packen" und sie gründlich zu durchleuchten, besonders dann, wenn es den Anschein hat, dass sie auf Begebenheiten während des letzten Krieges oder in der Kindheit zurückzuführen sind. So sah sich eine Frau in den Dreißigern immer wieder als Zwölfjährige im Nachthemd vor einem ganz bestimmten Grab in einem Friedhof stehen. Erst als sie bereit war, der Realität ins Gesicht zu blicken und sich an ein Schockerlebnis zu erinnern, das sie einst vor jenem Grab bei einer Beerdigung hatte, verschwand der Traum, und sie konnte wieder ruhig schlafen.

Leider ist es mit unseren Träumen wie bei manchen Tageszeitungen: Die negativen Berichte nehmen oft einen ungebührlich großen Raum ein - drängen sich jedenfalls

nach vorn und erwecken den Eindruck, die Traumwelt sei des Teufels. Dem ist natürlich nicht so; Sie brauchen nur an Ihren "Blütentraum" zu denken. Dennoch wissen manche Träumer nur von unangenehmen Vorfällen zu berichten. Sie ertrinken im Meer, werden vom Zug überfahren, von wilden Tieren angefallen oder versehentlich amputiert. Dabei geht es letztlich doch ganz "human" zu: Wir sterben zwar im Traum, leben aber trotzdem fröhlich weiter; wir sehen einen Verwandten tot im Bett und begegnen ihm am nächsten Tag auf der Straße. Neulich

Oben: Verfolgungsjagden sind ein beliebtes Traummotiv: Man wird von Tieren wie Schakalen, Wölfen oder Elefanten verfolgt oder von Polizisten, Partisanen oder sonstigen kriminellen Elementen gejagt.

Rechts: Attacke eines tollwütigen Hundes! Da hilft manchmal nur eines: Schnell aufwachen!

Die Traumforscherin Ann Faraday träumte fortgesetzt während ihrer Schwangerschaft von einem Wolf, den sie mit einer Eisenstange niederschlug. Erst als sie den Sinn dieses Serientraums erkannte, verschwand das bösartige Tier aus ihrem Nachtleben.

hat Ihnen Ihr totenstarrer Vater sogar aus dem Sarg zugeblinzelt - warum wohl? Die Phantastik Ihres Hirns hat eben auch manchmal sehr bizarre Fehlschaltungen, und Träume lassen sich eben nicht so leicht durchschauen und interpretieren, wie ein Röntgenbild. Außerdem dürfen Sie, wie Sie schon früher in diesem Buch erfahren haben, nicht alles, in das Sie da hineingeraten, allzu "wörtlich" nehmen.

Ihr Albtraum von heute Nacht beispielsweise hat garantiert nicht behauptet, er traue Ihnen ein Kapitalverbrechen zu. Traumhandlungen sind kondensierte, in Symbolik verkleidete, psychische Energieformen, die sich auf diese oder jene Weise entladen müssen, auch auf die Gefahr hin, missverstanden zu werden. Könnte es denn nicht sein, dass sich in Ihrem Koffer (Ihrem Lebensgepäck) etwas befindet, von dem Sie sich schleunigst trennen sollten? Vielleicht "tragen" Sie schwere Schuldgefühle mit sich herum, die eigentlich ganz ungerechtfertigt sind? Als Ihre Schwester vor einem Jahr starb, machten

Sie sich heftige Vorwürfe; Sie glaubten, sie wäre zu retten gewesen, wenn Sie sie früher ins Krankenhaus gefahren hätten. Das ist aber keineswegs bewiesen. Der Traum will Sie nun darauf hinweisen, nicht lebenslang diese verhängnisvolle Belastung mit sich herumzuschleppen. Noch zögern Sie, den Koffer loszulassen. Aber in derselben Form wird der Traum wiederkehren - so lange, bis Sie das Seeufer erreichen und den Koffer mitsamt Ihren falschen Gewissensbissen in großem Schwung hineinwerfen.

Das ist, was die Traumpsychologen eine positive, erfolgreiche "Auseinandersetzung" mit einer Traumproblematik bezeichnen. Albträume müssen also zu Ende gespielt werden, will man sie aus seinem Kopf verbannen. Das ist natürlich leichter gesagt als getan, denn während eines Traumes wissen wir ja gar nicht, dass wir träumen. Es gibt aber eine ganz bestimmte Technik, "Traumsteuerung" genannt, mit der Sie korrigierend in Traumhandlungen eingreifen, ja sogar Traumstimmungen verändern können. Dies wird das Thema des Kapitels über "Klarträume" sein. Wenn Sie dann wieder vom kommenden Welt-

Die Angst vor dem Tod wird häufig in Albträumen "bearbeitet". Eine Träumerin sah sich selbst im Sarg liegen, befürchtete, lebendig begraben zu werden und versuchte verzweifelt, wieder aus ihm herauszukommen.

Gruselig: Die Träumerin wird von einem unbekannten Mann in einem Sarg weggetragen: Etwas wird sich drastisch in ihrem Leben ändern.

untergang träumen, gehen Sie nach dieser Methode vor und warten Sie erst mal ab, was nach dem Atomschlag geschieht. Ähnlich verhalten Sie sich anderen Angstträumen gegenüber. Frauen träumen häufig davon, dass ein Einbrecher ins Haus eingestiegen ist.

„Ich weiß", steht dann in Ihrem Traumtagebuch, *„dass er sich in irgendeinem der Räume aufhält - ohne seine unmittelbare Gegenwart. Einmal sehe ich sogar seinen Schatten an einer Tür vorbeihuschen, erkenne die Pistole in seiner Hand. Mir schlägt das Herz bis zum Hals. Ich haste zum Telefon und rufe die Polizei. Aber niemand kommt! Ich bin dem Typ völlig ausgeliefert und erwache mit starken Brustbeklemmungen."*

Nun ja, da brauchen Sie nicht erst die Bücher von Sigmund Freud gelesen zu haben, um diesem Traum hinter seine Fassade zu schauen. Ohne Zweifel handelt es sich bei dem fraglichen Ganoven um keinen "echten" Einbrecher, sondern doch eher um einen "Herzensbrecher", den Sie unterschwellig nach dem Spruch "Das Opfer sucht sich seinen Täter!" herbeigewünscht hatten, um Ihnen Ihr Herz zu "stehlen". Wenn also Träume ihre rätselhaften Mitteilungen nicht gerade auf dem silbernen Tablett servieren, so erlauben sie eigentlich dem erfahrenen Interpreten doch auch recht häufig zu einem naheliegenden "Aha"-Erlebnis. Mit wachsender Praxis verbessert sich zusehends Ihre Fähigkeit, in gezielten "Kreuzverhören" auch die in furchterregenden Albträumen verborgenen Symbole zu entschachteln und deren geheimen Botschaften auf die Spur zu kommen, bis sich alles zum Ganzen fügt. Zur Entschlüsselung wiederkehrender Albträume ist es hilfreich, sie in wacher Phantasie fortzusetzen, falls sie unvollständig geblieben sind, und sich "auszumalen", wie sie hätten enden können, wenn Sie nicht zuvor aufgewacht wären. Es schadet auch nicht, sie mit jemand durchzudiskutieren, denn auf diese Weise ergeben sich vielleicht neue Perspektiven, die Ihnen bisher nicht aufgefallen sind.

Wenn Sie aber vorziehen, sie lieber dorthin zurückzuschieben, wo sie hergekommen sind, müssen Sie damit rechnen, dass sie sich eines Tages entweder in Krankheiten äußern oder zum Ausbruch einer Krankheit beitragen. Jedenfalls brauchen Sie sich nicht zu beunruhigen, wenn Gevatter Tod in Ihren Träumen seine Sense schwingt. Sterben deutet nicht auf einen leiblichen Tod, sondern auf einen Wandlungsvorgang hin. Und sollten Sie einmal von einem leeren Sarg träumen, können Sie sogar aufatmen: Er ist ein Traumsymbol dafür, dass Sie sich um Ihre Zukunft keine Sorgen zu machen brauchen.

8.

Zukunftsträume, Wahrträume, Warnträume

Am 28. Juni 1914 schreckte der Bischof Joseph Lanyi von Großwardein noch vor dem ersten Hahnenschrei aus einem beunruhigenden Traum hoch, den er später wie folgt schilderte:

„Mir träumte, dass ich in den Morgenstunden an meinen Schreibtisch trat, um die eingegangene Post durchzusehen. Ganz oben auf dem Stapel lag ein Brief mit schwarzen Rändern, schwarzem Siegel und dem Wappen des Erzherzogs von Österreich, das ich sofort erkannte.

Oben: Viele Menschen sahen im Lauf der Geschichte bestimmte düstere Geschehnisse in Träumen voraus. In zahlreichen Fällen kamen allerdings ihre Warnungen zu spät, wie 1914 bei der Ermordung des österreichischen Thronfolgers in Sarajewo.

Ich öffnete das Schreiben und sah am Kopf des Brief-
bogens ein Bild in der Art einer Ansichtskarte, das eine
schmale Straße darstellte mit einem Automobil, in dem
das Herzogpaar saß. Auf beiden Seiten der Straße eine
Menschenmenge. Zwei junge Burschen springen hervor
und schießen auf die Hoheiten. Dann folgte der eigentliche Brieftext. Er lautete: Eure bischöfliche Gnaden!
Lieber Dr. Lanyi! Teile Ihnen hiermit mit, dass ich heute

*Oben: Manchmal können Träume
auch auf die falsche Fährte locken,
wie dies der Perserkönig Xerxes
bei seinem missglückten Griechen-
landfeldzug schmerzlich erfahren
musste.*

*Links: Eine bekannte Geschichte
aus der Bibel: Josef deutet dem
Pharao dessen Traum von den
sieben fetten und sieben mageren
Kühen. Er sollte mit seiner
Warnung Recht behalten und
rettete so Ägypten vor einer
sicheren Hungersnot.*

Kaiser Konstantin sah vor der Entscheidungsschlacht mit den Türken im Traum ein Kreuz ("In diesem Zeichen wirst du siegen."). Als die Voraussage tatsächlich eintrat, bekehrte er sich zum Christentum, ein Ereignis mit schwerwiegenden Folgen für das Abendland. (Gemälde: Piero della Frances)

mit meiner Frau in Sarajewo als Opfer eines politischen Mordes fallen werde. Wir empfehlen uns Ihren frommen Gebeten und heiligen Messopfern ... etc. Herzlich grüßt Sie Ihr Erzherzog Franz. Sarajewo, 28.Juni 1914, halb vier Uhr morgens."

Bestürzt sprang der Bischof aus den Federn, sah auf die Uhr, die genau halb vier zeigte, eilte zum Schreibtisch und schrieb in allen Einzelheiten nieder, was er im Traum gesehen und gelesen hatte. Doch nicht nur das: Böser Ahnungen voll, teilte er den Inhalt des Briefes sofort in eiligen Depeschen drei einflussreichen Personen seines Vertrauens mit. Vergebens! Zwölf Stunden später wurde das Herzogpaar von einem politischen Fanatiker genau auf dieselbe Weise erschossen, wie dies Lanyi befürchtete. Die Schüsse lösten bekanntlich den Ersten Weltkrieg aus!

Es ist sicher müßig zu spekulieren, was geschehen wäre, wenn die Warnung des Bischofs beachtet worden wäre und welchen Verlauf die Weltgeschichte dann genommen hätte. Es handelt sich hier jedenfalls um einen der erstaunlichsten prophetischen Träume, die historisch überliefert sind. Gemeinsam ist vielen derartigen Voraussagen, dass sie offenbar nicht imstande sind, ins Rad des Schicksals einzugreifen, so dass sie ihren Sinn zumeist gar nicht erfüllen. Auch Cäsar wurde noch wenige Stunden vor seiner Ermordung von seiner Frau Calpurnia wegen eines Warnsignals, das ihr im Traum erschienen war, angefleht, an diesem Tag der anstehenden Senatssitzung nicht beizuwohnen. Der Herr des römischen Imperiums aber wollte nicht als "abergläubisch" gelten und sich schon gar nicht "weibischer Furcht" beugen. Er machte sich also trotzdem auf den Weg zum Senat, wo bereits die Verschwörer auf ihn warteten. Der Rest ist bekannt. Auch der amerikanische Präsident Lincoln, obwohl von einem eigenen Traum rechtzeitig "informiert", konnte seinem Verhängnis nicht entgehen und wurde das Opfer eines Attentats.

Weil Gajus Julius Cäsar die Warnung, die seine Ehefrau Calpurnia in einem prophetischen Traum erhielt, in den Wind schlug, konnte der Herrscher über das römische Weltreich kurz danach von einer Clique republikanischer Verschwörer im Senat erdolcht werden.

Ähnlich erging es dem König Belsazar von Babylon: Zwar sah er im Traum, wie eine geheimnisvolle Hand das berühmte "Menetekel" an die Wand seines Palastsaales schrieb, und die herbeigerufenen Traumdeuter ließen keinen Zweifel darüber, dass sich Unheil über ihn zusammenbraute. Dennoch verlor er sein Leben, und seine Feinde zerstörten sein Reich. Er war von der Geschichte "gewogen, gezählt und für zu leicht befunden" worden. Gegen dieses Urteil gab es offenbar keinen Einspruch. Bei dem Perserkönig Xerxes ging sogar der Schuss nach hinten los: Eine seltsame Gestalt in einem seiner Träume riet ihm, mit seiner Armee den Hellespont zu überschrei-

Der amerikanische Präsident Lincoln sah in einem Traum seine eigene Ermordung voraus. Tatsächlich wurde er von einem Attentäter bei einer Theateraufführung 1865 in seiner Loge erschossen.

ten und Griechenland anzugreifen. Er vertraute der Ermutigung und befolgte den Tipp, doch der Feldzug misslang: Xerxes wurde vernichtend geschlagen und musste wieder umkehren!

Nun werden Sie als Traumforscherin natürlich mit gutem Recht fragen, worin denn der Wert solch "hellseherischer" Träume liegt, wenn sowieso geschieht, wovor sie uns eigentlich bewahren wollten. Die Antwort ist ganz einfach: Ihr Wert ist unbestritten, sie werden jedoch zu wenig beachtet. Wir kennen das doch alle: Da fährt uns eines Nachts der Schreck in die Glieder, weil wir beispielsweise in ein Zugunglück oder in einen Autocrash verwickelt wurden. Wir "überlegen" kurz, sagen dann: „Ach was, lauter Unsinn!" und drehen uns wieder auf die Seite. Weit und breit kein Papier und Kugelschreiber; wie bei Ihnen seit jüngster Zeit jetzt konsequent eingeführt. Da ist dann natürlich keine Kontrolle möglich, zumal Träume meist keine Zeitangaben machen (Bischof Lamyi's Traum war eine seltene Ausnahme) und sie vielleicht erst nach ein,

Der Untergang des britischen Passagierdampfers "Titanic" im Jahre 1914 (über 1.500 Tote) wurde von zahlreichen Personen weltweit in ihren Träumen vorausgesehen.

1917 an der West-front rettete ein Warn-traum den Gefreiten Adolf Hitler vor dem sicheren Tod, was den Lauf der Weltge-schichte völlig ver-ändern sollte.

zwei oder mehreren Jahren eintreten, wenn sie längst aus unserem Gedächtnis entschwunden sind. Leider gibt es keine Statistik, wieviele Weissagungsträume sich bewahrheitet haben und wieviele nicht. Das ist ähnlich, wie bei astrologischen Prognosen. Die renommierte Londoner "Society for Psychical Research" hat aber eine ganze Reihe belegter Warnträume gesammelt. Darunter befindet sich der Bericht eines Mannes, der ahnungslos, wie alle anderen Passagiere, 22 Tage vor dem Auslaufen der "Titanic" eine Passage von London nach New York buchte. Doch dann träumte er kurz danach, wie das Schiff unterging, umgeben von hilflos im Wasser treibenden Menschen. Das bekümmerte ihn zunächst wenig. Erst als sich der Traum in der darauffolgenden Nacht wiederholte, wurde er stutzig. Er machte seine Buchung rückgängig und konnte auf diese Weise der Katastrophe entgehen.

Gleichfalls ein Warntraum war es, der einem Gefreiten 1917 an der Westfront das Leben rettete. Der Soldat lag

in einem der Unterstände und schlief. Er träumte, unter einer Lawine von Erde und geschmolzenem Eisen begraben zu sein. Blut lief über seine Brust. Daraufhin erwachte er und verließ sofort die Stellung. Kurz danach krachte eine Granate voll in den Schutzraum. Alle Soldaten wurden getötet. Seitdem hielt sich der Gefreite für auserwählt, noch Großes für Deutschland zu vollbringen. Seine Errettung vor dem sicheren Tod sollte schwerwiegende Folgen für die Menschheit haben. Sein Name war ... Adolf Hitler.

Oben und rechts: Im Frühjahr 1970 hatte Dunja Rajter einen schweren Autounfall. Nichts als Schrott blieb von dem Wagen übrig; die Sängerin wurde schwer verletzt. "In der Nacht zuvor", sagte sie, "habe ich von dem Missgeschick geträumt!"

Träume von Naturkatastrophen gehören gewissermaßen zum "Repertoire" fast aller Traumtagebücher. Sie entstammen vermutlich nicht der Furcht einzelner Personen vor einem Weltuntergang, sondern sind eher der Ausdruck der Ängste aller Menschen vor der kollektiven Vernichtung durch Einschläge kosmischer Fremdgänger.

Doch was immer wir von solch unglaublichen Geschichten halten: Obzwar die Zukunft für jeden von uns hinter einem dichten Schleier verborgen liegt, mutet es seltsam an, dass unser Unterbewusstsein ihn gelegentlich zu lüften vermag und uns in Träumen in die Karten Gottes blicken lässt. In alten Tagen waren daher Traumdeuter den Hellsehern und Wahrsagern gleichgestellt. In Rom konnte sogar jeder, der glaubte, von einem Traum heimgesucht worden zu sein, der das Schicksal des Staates betraf, dessen Inhalt der Regierung mitteilen. Wer würde sich heute wohl bemühen, von solchen "Omen" den Bundestag zu unterrichten? Jedoch damals, als die Menschen noch ein kollektives Lebensgefühl hatten, nahm man an, man könne zum Nutzen der menschlichen Gemeinschaft, deren Glied man ja war, Heilsames träumen.

So stellte der Traum des Pharao von den sieben fetten und sieben mageren Kühen, der von Josef sehr zutreffend gedeutet wurde, im Grunde eine Wirtschafts- und Konjunkturprognose dar, die Ägypten vor der Hungersnot bewahrte. Auf die "Weizenschwemme" folgte in der Tat eine Mangelperiode, gegen die man aber gerüstet war. Wenn Sie also auf Grund Ihrer bisherigen Studien glauben, Sie könnten es dem cleveren Josef gleichtun, sollten Sie ins Warentermingeschäft einsteigen, wo Sie mit Ihren "traumhaften" Fähigkeiten in der Trendvoraussage Millionen scheffeln könnten.

Noch ein Hinweis für Menschen, die zumeist auf dem Trockenen sitzen und gerne ohne große Mühe zu Wohlstand und Reichtum gelangen möchten. Können Träume richtige Lottozahlen voraussagen? ... Leider ist die Wahrscheinlichkeit hierfür äußerst gering und derartige Fälle sind bisher kaum bekannt geworden. In diesem Punkt scheint also auf unsere guten Traumgeister kein Verlass. Es gibt jedoch eine Methode, via Träumesammeln, auf indirekte Weise das Glück herauszufordern. Näheres finden Sie im Anhang dieses Buches auf Seite 185. Einfach mal ausprobieren!

Natürlich geht es auch bescheidener. Gerade in vielen Bereichen des Alltagslebens können uns Träume oft hilfreiche Tipps geben. Sie erinnern z.B. an etwas, das man vergessen hat. Wenn Sie also demnächst einmal träumen, dass der Motor Ihres Wagens bis auf den letzten Tropfen alles Öl verbraucht hat, sollten Sie umgehend den Ölstand kontrollieren. Und wenn Sie träumen, dass die Haustür nicht verschlossen ist, stehen Sie am besten auf und schauen nach. Träume wirken manchmal fast beängstigend in der Prognose ihrer Hinweise. Das braucht Sie nicht zu wundern, denn Wahrnehmungen und Eindrücke, die unser Bewusstsein kaum beachtet, werden vom Unterbewusstsein dennoch gespeichert. Ganz besonders gut kennt es sich im "eigenen Körper" aus. Darum sind Träume auch von unschätzbarem Wert bei der Frühdiagnose von Krankheiten.

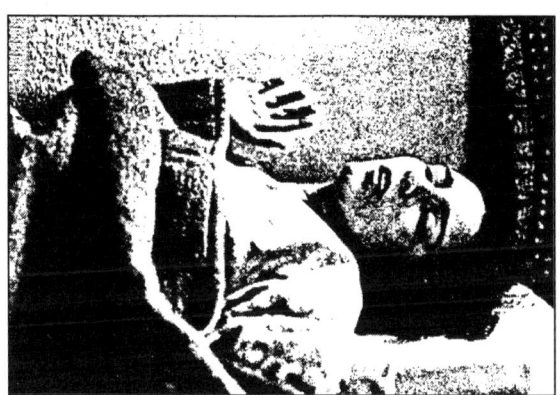

9.

Krankheitsträume und Heilträume

Dies ist allerdings keine neue Weisheit. Schon die Ärzte des griechischen Altertums erkannten, dass erste Anzeichen einer Erkrankung in den Träumen der betroffenen Person wahrgenommen werden können - lange bevor ein äußerlicher Befund möglich war. Daher begaben sich hilfsbedürftige Patienten, wenn sie von einer Krankheit genesen wollten, in einen Tempel des Gottes der Heilkunst "Äskulap" (sein "Markenzeichen", den "Äskulapstab" mit der Ringelschlange, sehen Sie heute noch vor jeder Apothekentür). Nach entsprechender Vorbereitung legten sie

Oben: In sogenannten "Inkubationsträumen" können kranke Menschen rechtzeitig Fingerzeige auf Krankheiten erhalten, die sich noch im Stadium der Entstehung befinden. Konnten sie nicht verhindert werden und sind sie ausgebrochen, kann man mit Heilhinweisen rechnen.

Das mit dem "Ich" nicht identische "Traum-Ich": "Da lag ein Mensch auf einer Couch, der aussah wie Friedrich Schiller. Er schien tief zu schlafen. Dann bemerkte ich, dass ich dies ja selbst war. Ich hatte Selbstmord begangen und stand vor meinem eigenen toten Körper!"

sich dort auf dem Boden zum Schlafen nieder und warteten dann auf den "entscheidenden" Traum, in dem ihnen die Gottheit einen persönlichen Fingerzeig zur Wiederherstellung ihrer Gesundheit geben sollte. Offenbar funktionierte diese frühe Form der medizinischen Therapie ganz gut, denn in Hellas zu jener Zeit soll es mehr als 600 derartige Tempel gegeben haben.

Es liegt auf der Hand, dass sich Depressionen, die wir im Alltag entwickeln, auch in unseren Träumen niederschlagen. Früher nannte man Menschen, die von düsteren Stimmungen geplagt werden, "Melancholiker".

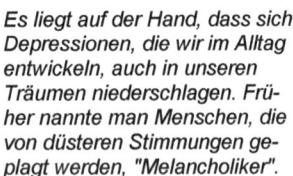

Unsere heutigen "Götter in Weiß" arbeiten natürlich nicht mehr mit diesem "altertümlichen" Verfahren und haben inzwischen verlässlichere Heilmethoden entwickelt. Aber wer sich (wie Sie seit jüngster Zeit) mit Träumen auskennt, weiß, dass unser Unterbewusstsein über ein riesiges, fast unerschöpfliches Wissen verfügt, da es in der Lage ist, das kollektive Unbewusste anzuzapfen - das Reservoir aller bisherigen menschlichen Erfahrungen. Warum also nicht aus dieser universellen Schatzkammer der Erkenntnisse seine Informationen beziehen? Nehmen Sie sich daher ein Beispiel an den Tempelschläfern, den "Inkubanten" (vom lateinischen "incubare" = im Tempel schlafen) und betrachten Sie Ihre Träume als Sendboten des Äskulap, der Aphrodite, des Dionysios und anderer Autoritäten des Olymps oder, im heutigen Sprachgebrauch, als Informationsträger Ihres Unterbewusstseins, das Ihnen bei der Lösung vieler Probleme helfen kann.

Träumen Sie also von einer Störung im Körperteil, dann schenken Sie diesem ernsthafte Beachtung. Sie müssen deshalb noch keine "eingebildete Kranke" werden. Aber sehen Sie sich vor und sensibilisieren Sie sich auf die ent-

Wohl ein Krankheitstraum: Die Brust des Träumers wird bedrohlich von einer riesigen Boa-constrictor-Schlange zusammengepresst (Hinweis auf Angina pectoris?).

sprechenden Symptome. Ein Kettenraucher sah im Traum eine Gruppe graugesichtiger Elendsgestalten auf sich zukommen, die alle vom Lungenkrebs gezeichnet waren. Die damit verbundenen Angstgefühle beeindruckten ihn dermaßen, dass er künftig keine Zigaretten mehr anrührte. Vermutlich hat er damit den Ausbruch eines Karzinoms verhindert, das sich bereits im Entstehungsstadium befand. Eine Frau, die im Traum auf eine Tarantel getreten war und von dem Stich eine Lähmung erlitten hatte, erkrankte später an Multipler Sklerose. Eine Angina pectoris, die sogenannte "Engbrüstigkeit", kann sich dadurch ankündigen, dass sich der Träumer von einer Boa constrictor umschlungen fühlt. Gastritis hat sich schon im Bild beißender Hunde dargestellt und ein drohender Herzinfarkt als Bruststich eines Messers. Und das Empfinden, enge Schuhe tragen zu müssen, kann eine Schädigung des Nervensystems verraten. Sehen Sie im Traum ein Haus, dann beziehen sich die Vorkommnisse, die sich in ihm abspielen, meist auf Störungen in unserem Organismus

Körperliche Anomalien im Traum können auf reale, im Entstehen begriffene Krankheiten hinweisen.

Dieses nach einem Traumgeschehen gezeichnete Bild einer Frau zeigt die Gespaltenheit ihrer Seele in einen spirituellen (links) und einen tierhaften Teil (rechts).

(Haus = Mensch). Dabei steht der Dachstuhl symbolisch für den Kopf, das obere Stockwerk für den Brustkorb und Erdgeschoss und Keller für die Unterleibsorgane, Beine und Füße.

Es ist natürlich einfacher (und zweifellos auch zuverlässiger), ein EKG oder einen Bluttest erstellen zu lassen, als solche Bilder zu deuten. Viel wichtiger ist jedoch, dass der Träumer überhaupt aufmerksam wird und sich einer gründlichen Inspektion unterzieht. Ist eine Krankheitsursache einmal aufgedeckt, können Träume wiederum dabei helfen, den Genesungsprozeß in Gang zu setzen und

Bedrohliche Symbole im Traum einer 29-jährigen Frau: 'Herabstoßende Pfeile drangen wie Splitter in meinen Kopf und verursachten heftige Kopfschmerzen, die noch nach dem Erwachen anhielten". (Eine ihrer Zeichnungen als optische Wiedergabe.)

125

Eine Ärztin sah sich in einem ihrer Träume nach Venedig versetzt, wo sie an dem dortigen Faschingstreiben teilnahm. Da trat eine der Gestalten auf sie zu und hielt ihr eine antike Uhr vor Augen, deren Zeiger auf 5 vor 12 standen. Hierbei hörte sie die Worte: „Es ist höchste Zeit!" Sie fragte: „Wofür?" Doch sie erhielt keine Antwort und erwachte. Dann aber wurde ihr sofort bewusst, was damit gemeint war.

Hinweise für die völlige Gesundung zu geben. Auf Heilträume dieser Art braucht man jedoch nicht zu warten, bis sie sich, mehr oder weniger zufällig, nach eigenem Belieben ereignen. Man kann sie auch "provozieren", d.h. bewusst herbeirufen. Voraussetzung für einen gelungenen Inkubationstraum wäre allerdings, dass Sie an dem betreffenden Abend, den Sie für eine "Sprechstunde" ausgewählt haben, nicht übermüdet zu Bett gehen, möglichst nicht fernsehen, nicht zu schwer essen und sich meditativ oder durch Entspannungsübungen auf den Heiltraum einstellen. Bisher hatten Sie ja ausschließlich "spontane", nicht "angeforderte" Träume, d.h. Sie erlebten Ihr Nachtprogramm völlig passiv, waren außerstande, es zu ändern und fungierten lediglich als unfreiwillige Zuschauerin oder Teilnehmerin von Sendungen, die Sie entweder gar nicht interessierten oder oft überhaupt nicht sehen wollten. Damit ist ab heute Schluss! Von nun an treten Sie mit Ihrem Unterbewusstsein in einen partnerschaftlichen Dialog, in eine Zwiesprache ein und betrachten in ihm einen "inneren Lehrmeister", zu dem Sie jederzeit Zugang haben und den Sie auch in seiner Funktion als Arzt und Therapeut allnächtlich konsultieren können, wenn Sie irgendwo der Schuh drückt oder Ihnen etwas Wichtiges am Herzen liegt. Die rätselhaft verwirrende Traumwelt wird dadurch zu Ihrem Verbündeten, der Ihrem Bewusstsein nützliche Hinweise geben kann.

Allerdings ändert sich dadurch nicht viel von der "Schlitzohrigkeit" Ihres Untermieters. Seien Sie also beispielsweise nicht verwundert, wenn Ihnen Ihr neuer "Hausarzt" seine Rezepte auf einen Bierdeckel kritzelt oder Ihnen seine Ratschläge auf der Innenseite eines Gesangbuches präsentiert. Aber an derartige Extravaganzen haben Sie sich ja schon gewöhnt.

Die diesbezügliche Kommunikation ist ganz einfach und lässt sich von jedem erlernen: Vor dem Einschlafen konzentrieren Sie sich auf das Problem, das Sie gerade beschäftigt. Dann stellen Sie Ihrer Trauminstanz eine möglichst kurze und präzise Frage, wie z.B.: „Warum schmerzt mich mein rechtes Bein? Wie könnte ich am besten abnehmen? Wo rühren meine dauernden Kopfschmerzen her und was kann ich dagegen tun?" Je intensiver Sie

Der Träumer ist mit seinem Schatten, der negativen Seite seiner Persönlichkeit, konfrontiert.

sich mit einem Thema zuvor schon auseinandergesetzt haben und je heftiger Ihnen eine Frage "auf der Seele brennt", desto eher dürfen Sie mit einer befriedigenden Antwort rechnen. Erwünschte Träume sind in der Regel leichter verständlich als die meisten spontanen Träume, was vermutlich auf das höhere Maß an bewusster Beteiligung am Traumvorgang zurückzuführen ist. Den Fragesatz behalten Sie bis zur letzten Sekunde des Wachseins im Kopf. Am nächsten Morgen müsste dann eigentlich - wie bei Ihrer E-mail - eine Nachricht bereitliegen.

Dieses Frage- und Antwortspiel lässt sich selbstverständlich auch auf die Lösung sonstiger Probleme ausdehnen - ganz gleich, um welche Schwierigkeiten es sich handelt. Bitten Sie also ganz unverblümt um Rat, wenn Sie einmal nicht mehr weiter wissen oder eine Entscheidung von Ihnen verlangt wird, die zu treffen Ihnen schwer fällt, zum Beispiel: „Auf welche Weise finde ich wieder einen Job? Soll mein Sohn das Abitur machen oder nicht? Ist Ägypten als Urlaubsland derzeit gefährlich?" Orientierungs- und Inspirationshilfen befinden sich also in greifbarer Nähe. Ihr Unterbewusstsein übernimmt zum Nulltarif die Rolle des "Lebensberaters". Dessen Aktivität und Reaktionsvermögen können Sie übrigens über den Geruchssinn noch beträchtlich steigern. Es gibt bestimmte Parfümöle (insbesondere Lavendel), die, auf ein Taschentuch geträufelt und aufs Kopfkissen gelegt, Sie im Schlaf mit einem beruhigenden Wohlgeruch umschmeicheln und Ihr Unterbewusstsein günstig stimmen. Damit vertreiben Sie ganz allgemein die "bösen Geister", die es darauf angelegt haben, Ihren Schlaf mit ihren Schändlichkeiten zu sabotieren.

10.

Kreativträume

Wir haben alle schon die Erfahrung gemacht, dass das "Überschlafen" eines Problems dieses meist gelöst oder doch einer Lösung näher gebracht hat, einfach so, ganz mühelos! Der Volksmund hat für dieses Phänomen den Spruch geprägt: „Den Seinen gibt's der Herr im Schlaf!" Genauer müsste es natürlich heißen: „Den Seinen gibt's der Herr im Traum!", denn in Träumen gibt uns unser Unterbewusstsein viele Geheimnisse preis, die unser Tagesbewusstsein in oft tage- oder monatelanger Plackerei vergeblich zu erhellen versuchte.

Oben: Der Physiker und Nobelpreisträger Albert Einstein war von einem seiner Träume, in dem er auf einem Schlitten mit Lichtgeschwindigkeit durchs All raste, so tief beeindruckt, dass dieses Bild, wie er später erzählte, ihn wesentlich zu seinen künftigen wissenschaftlichen Forschungen motivierte.

Der schwedische Meisterregisseur Ingmar Bergmann (hier mit seiner Lieblingsschauspielerin Liv Ulman) benutzt in vielen seiner Filme die symbolgeladene Bildsprache seiner eigenen Träume.

Träume galten schon immer als bedeutsame Quellen der Kreativität in Musik, Literatur, bildender Kunst, ja Wissenschaft und Technik. Mozart, Beethoven und Händel sind nur einige der bekanntesten Komponisten, die durch Träume zu ihren Werken angeregt wurden. Händel erlebte sogar den Schluss seines Oratoriums "Der Messias" so deutlich, dass er ihn nach dem Erwachen lediglich niederzuschreiben brauchte. Der geniale italienische Geiger Giuseppe Tartini verdankte die berühmte "Teufelstrillersonate" einem Traum: Der "Teufel" hatte ihm das Meisterwerk notengetreu vorgetragen! Die Beispiele lassen sich beliebig fortsetzen: Arnold Böcklin gestaltete sein Bild der "Vier Todesreiter" auf Grund eines Traumerlebnisses; Goethe erhielt die Idee zu seiner großen Dichtung "Prometheus" im Traum; der Sänger und Songschreiber Billy Joe wurde durch geträumte Gedichtzeilen zu seinen weltbekannten Liedern inspiriert. Robert Louis Stevenson hat sogar einmal behauptet, die Hälfte seiner schöpferischen Arbeit sei ihm von seinen Träumen abgenommen worden.

Wir kennen auch trauminspirierte Filme wie "Letztes Jahr in Marienbad" von Alain Resnais, Ingmar Bergmanns "Stunde des Wolfs" oder die oft in einer traumhaft surrealen Welt spielenden Werke von Fellini. Viele von David

Lynchs Filmen, allen voran der Thriller "Blue Velvet", sind sogar so "unanalog" aufgebaut, dass man sie für verfilmte Traumerzählungen halten könnte. Ihre Symbolsprache und die zwischen Phantasie und Wirklichkeit hin- und herpendelnden unzusammenhängenden Bildsequenzen machen es, ganz wie bei einem Traum, sehr schwierig herauszufinden, um was es eigentlich geht und was die Filmleute tatsächlich zum Ausdruck bringen wollten.

Träume waren auch die Väter spektakulärer Entdeckungen und Erfindungen. Dem griechischen Philosophen Aristoteles fielen jene Hebelgesetze, die seinen Namen hinweg über Jahrtausende glorifizierten, sogar am helllichten Tag während eines Nickerchens ein. Pater G. Mendel, der vor 90 Jahren die noch heute gültigen Gesetze der Vererbungslehre entwickelte, kam auf den entscheidenden Gedanken, als er im Traum ein großes, buntes Kleefeld blühend vor sich sah, in dem sich verschiedenfarbige Kleeblüten zu Gruppen ordneten. Er hatte seit Jahr und Tag über eine Lösung nachgegrübelt; da auf einmal zog sein Gehirn, ohne das Tagesbewusstsein, den letzten und entscheidenden Schluss. Auch das peri-

Der englische Dichter Charles Dickens ("Oliver Twist", "David Copperfield") benutzte Gestalten aus seinen Träumen als Vorlage für zahlreiche seiner Romanfiguren.

odische System der Elemente, eine grundlegende Entdeckung der modernen Physik, kam zustande, weil der russische Chemiker Dimitri Mendelejew, der sie nach ihren Atomgewichten klassifizieren wollte, im Traum eine Tabelle sah, „ ... in der alle Elemente am richtigen Platz standen." Erstaunlicherweise wurde "später nur an einer Stelle eine Korrektur notwendig." Auch James Watt hätte schwerlich die Dampfmaschine, Elias Howe wohl kaum die automatische Nähnadel ohne Mithilfe eines Traums erfinden können.

Und das kam so: Elias Howe, der im 19. Jh. lebte, hatte jahrelang an der Entwicklung einer Kettenstich-Nähmaschine gearbeitet. Doch er kam und kam nicht weiter. Seine Nadel funktionierte nicht, weil sich ihr Loch in der Mitte des Schaftes befand. Auf dem Höhepunkt seiner Enttäuschung träumte er im Jahre 1844 eines Nachts, er sei einem Stamm Wilder in die Hände gefallen, deren Häuptling brüllte: „Elias Howe, ich befehle dir, diese Maschine sofort zu vollenden, sonst bist du ein toter Mann." Doch er konnte die richtige Nadelform einfach nicht finden, und der Häuptling befahl seinen Kriegern, ihn zu töten. In diesem Augenblick sah Howe mit aller Klarheit, dass sich in den auf ihn gerichteten Speeren an der Spitze ösenförmige Löcher befanden. Kaum erwacht, machte

Peggy March erhielt durch ihre Träume oft Anregungen, die sich in einigen ihrer Songs niederschlugen.

Träume waren schon immer bedeutsame Quellen für Künstler. Auch Mozart wurde durch sie zu vielen seiner Kompositionen angeregt.

er sich an die Arbeit, eine Nadel mit einer Öse an der Spitze zu formen, wie er sie im Traum gesehen hatte. Sie funktionierte, und hinfort konnten sich zahllose Näherinnen in der ganzen Welt einer vereinfachten Arbeitsweise erfreuen.

Dass Träume unerwartete und willkommene Einsichten bringen können, wird selbst von Sportlern berichtet. In seinem 1985 erschienenen Buch "Hellwach im Traum" veröffentlichte Stephen LaBerge den Brief einer jungen Hockeyspielerin, die Probleme beim Spiel hatte. Wie sie erzählte, half ihr ein Traum, in dem sie völlig mühelos über das Eis geglitten war, ihre Lauftechnik zu verbessern. „Ich holte die Empfindungen dieses Traumerlebnisses in mein Wachbewusstsein zurück. Und so, wie ein Schauspieler in eine Rolle schlüpft, wurde ich wieder zu einer perfekten Hockeyspielerin!"

Auch der Berufsgolfer Jack Nicklaus berichtete, dass er es einem Traum zu verdanken hatte, nach einer langen sportlichen Krise wieder in Bestform zu kommen. Vergan-

Das von der englischen Apothekerin Vicky Wall (1918-1991) entwickelte "Aura Soma"-Heilsystem verdankt seine Entstehung einem Hinweis, den sie in einer Serie von drei Träumen erhielt.

genen Mittwoch hatte ich nachts einen Traum, bei dem es um meinen Golfschwung ging", erzählte Nicklaus im Jahre 1964 einem Reporter. „Im Traum traf ich die Bälle ziemlich gut, und auf einmal bemerkte ich zu meiner Verwunderung, dass ich den Golfschläger anders hielt als sonst in der letzten Zeit. Im Schlaf aber machte ich es vollkommen richtig. Und gestern Morgen auf dem Golf-

Mahatma Ghandi hatte seine Idee vom gewaltlosen Widerstand in einem Traum erhalten, in dem das indische Volk die Arbeit niederlegte.

platz versuchte ich es wie in meinem Traum, und es klappte. Gestern spielte ich eine 68'er Runde und heute eine 65'er Runde. Und glauben Sie mir, so macht es viel mehr Spaß. Ich komme mir irgendwie albern vor, es zuzugeben, aber ich habe es wirklich in einem Traum gelernt. Ich habe lediglich meinen Griff ein wenig ändern müssen."

Auch die englische Apothekerin Vicky Wall erhielt den entscheidenden Hinweis für ihr berühmt gewordenes "Aura-Soma"-Heilsystem im Schlaf. Sie hatte nach ihrer Erblindung drei Nächte hintereinander den gleichen Traum, in dem eine Stimme zu ihr sagte: „Teile das Wasser!" In der dritten Nacht ging sie in ihr Labor, und dort entstand die erste Flasche mit zweifarbig geteilten, aus Kräuterextrakten, Kristallenergien und natürlichen Pflanzen- und Aromaölen bestehenden Essenzen, mit denen sich das Energiefeld des Menschen (und damit sein seelisches Wohlempfinden) beeinflussen und harmonisieren lässt.

Selbst ein so berühmter Militärstratege wie Napoleon Bonaparte soll auf seine Träume vertraut haben, wenn er seine Feldzüge plante. Immer nach dem Erwachen schrieb der französische Kaiser seine nächtlichen Traumbilder in

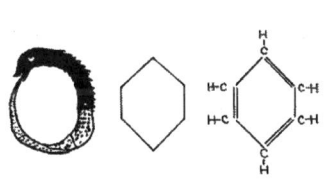

Der Traum von einer Schlange, die sich in den Schwanz beißt, brachte dem Chemiker Kekulé die Eingebung für die sechseckige Anordnung der Benzolmoleküle ("Benzolring").

allen Einzelheiten nieder, um Taktik und Strategie später mit Zinnsoldaten in einem Sandkasten zu erproben. Dass er dennoch bei Waterloo endgültig mit seinen Kriegsspielen scheiterte, steht natürlich auf einem anderen Blatt. Hierzu muss man wissen, dass er im Traum in der Nacht zuvor eine schwarze Katze gesehen hatte, die an seiner Schlachtordnung vorbeidefilierte!

Lesen Sie schließlich noch zu Ihrer Ermunterung die Geschichte von der Entdeckung des "Benzolringes" durch den deutschen Chemiker Prof. Kekulé im 19. Jh. Ohne Benzolstruktur keine Chemieindustrie und keine Kunststoffindustrie, keine Düsenjets und keine Raumraketen. Der Forscher, der sich jahrelang den Kopf über die Formel zerbrochen hatte, sah eines Nachts im Traum das Symbol der Ouroboros - einer mythologischen Schlange, die sich mit dem Maul in den eigenen Schwanz beißt. Dadurch kam ihm der Geistesblitz, dass die Benzolmoleküle nicht eine Kette bilden, wie zuvor geglaubt, sondern sich zu einem Ring zusammenfügen. In einer Rede vor einem Gelehrtengremium, in der er nicht verschwieg, welchen Umständen er seine geniale Theorie zu verdanken hatte, rief er den verblüfften Hörern zu: „Lernen wir also zu träumen, meine Herren, damit finden wir am ehesten die Wahrheit!"

Ob Sie sich nun wohl auch, angespornt von den verblüffenden Leistungen dieser Traumtalente, auf wissenschaftliches und technisches Forschungsgebiet begeben wollen? Doch am besten, Sie meiden dieses Glatteis und bleiben bei Ihren Leisten. Auch das Unterbewusstsein ist nicht allmächtig. Das musste eine Versicherungskauffrau aus Wuppertal erfahren: Ihr kam im Traum die Idee zu einem aus einem Brennesselblatt bestehenden Lockenwickler und einem Fußabstreifer aus Fensterglas. Beide Erfindungen erwiesen sich als nicht patentierfähig.

11.

Klarträume und Traumsteuerung

Das ist Ihnen sicher auch schon einmal passiert: Plötzlich in einem Traum wurde Ihnen bewusst, dass Sie träumten! Sie sagten zu sich: Ich befinde mich jetzt mitten in einem Traum; die ganze Geschichte ist also gar nicht real. Und Sie fühlten eine gewisse Erleichterung und Befreiung über diese Einsicht. Fast allen Menschen ging es irgendwann schon einmal so. Aber Sie schenkten diesem Phänomen keine besondere Aufmerksamkeit. Es geschieht ja auch äußerst selten, vielleicht so selten, wie man zufällig Geld auf der Straße findet. Doch gerade deswegen sind für Sie

Oben: Klarträume ("luzide" Träume) stellen den Höhepunkt aller Traum-erfahrungen dar. Alles leuchtet in intensiven, strahlenden Farben, und man weiß genau, dass man träumt.

als Traumforscherin diese "Klarträume" oder "luziden" Träume, wie sie auch genannt werden (von lat. "lucidus" = klar, hell, leuchtend), von ganz besonderer Bedeutung, denn sie stellen den wohl bemerkenswertesten, ohne Drogen wie LSD erreichbaren höheren Bewusstseinszustand mensch-

Oben: Im Klartraum geht man oft durch bunt vibrierende, märchenhaft leuchtende, exotisch anmutende Landschaften, die von einer derartigen Schönheit sind, dass sie alles Vergleichbare in der Realität um ein Vielfaches übertreffen.

Rechts: Ungewöhnliche Naturformationen vor sich zu sehen, ist in Klarträumen keine Seltenheit. Aus einem Traumtagebuch: „In der Ferne erblickte ich ein schmuckes Dorf, das sich an eine gigantische, senkrecht hochsteigende Felswand schmiegte."

licher Erfahrung dar. In dieser außergewöhnlichen Traumwelt sind Sie genauso hellwach und denkklar, als ob Sie im Wachbewusstsein mit offenen Sinnen über eine Wiese gingen, und dennoch sind Sie sich der Tatsache voll bewusst, sich im Traum zu befinden. Auf diese Weise können Sie faszinierende Abenteuer erleben, denen gegenüber Ihr schönster Tahiti-Urlaub ins Belanglose verblasst. Wenn früher in den meisten Ihrer Träume nur leblose Schattierungen zwischen schwarz und weiß vorherrschten, erscheint Ihnen jetzt die Traumwelt in fast magischer Transparenz wie nie zuvor - in leuchtenden, intensiven, wie von Elektrizität aufgeladenen Farben und in gestochener Schärfe wie großformatige Fuji-Color-Werbefotos. Blumen und Bäume wirken wie beseelt, pulsieren mit unfassbarer Energie und strahlen exotisch anmutende Farbkaskaden ab.

Auch die Düfte sind berauschender und die Gefühle nachhaltiger. Sie verspüren ein Freiheits- und Glücksgefühl, wie nie zuvor und erleben das Geschehen mit einer Totalität, wie dies im "echten Leben" gar nicht möglich ist. Das heißt: Die Welt des Klartraums ist "wirklicher" als die schönste und deutlichste Wirklichkeit je sein kann. Hinzu kommt: Sie ist zwar in vielerlei Hinsicht unserer physischen Welt sehr ähnlich und reflektiert oft Szenen unseres Alltagslebens; aber dann gibt es wie aus heiterem Himmel atemberaubende Veränderungen. Plötzlich schreiten Sie durch fremdartige Landschaften mit riesigen Wasserfällen und buddhistischen Tempeltürmen oder durch nie gesehene Städte mit hoch aufragenden Zitadellen, gewaltigen gotischen Kathedralen, majestätischen Palästen von unbeschreiblicher Pracht und sonstigen bizarren, architektonischen Meisterwerken.

Doch nicht genug damit: In diesem wahrhaft märchenhaften Universum sind Sie nicht wie bisher in Ihren spontanen, "autonomen" Träumen eine Schachfigur, die beliebig von irgendeiner unsichtbaren Hand hin- und hergeschoben wird, sondern Sie sind die Schachspielerin selbst. Sie also bestimmen, was zu geschehen hat. In der Art eines außenstehenden Beobachters können Sie emotionslos ein Geschehen beobachten, dessen Sinn und Zweck durchdenken, sich aus einer unerfreulichen Handlung heraushalten, statt dessen sich eine andere zurechtlegen, den Traum beliebig verlängern und letztendlich das Erwachen selbst bestimmen.

Die amerikanische Traumforscherin und Buchautorin Patricia Garfield, offenbar auf Grund eigener Erfahrungen, gerät ins Schwärmen, wenn sie auf Klarträume zu sprechen kommt. „Einmal luzid geworden, können Sie im Traum einfach alles tun", schreibt sie. „Sie können hinfliegen, wohin Sie wollen, sich mit längst verstorbenen Freunden und unbekannten Menschen unterhalten, Sie können jeden von Ihnen gewählten Ort auf der Erde besuchen, alle Bereiche positiver Emotionen erleben, Antworten auf Fragen erhalten, die Sie schon lange beschäftigen und ganz allgemein aus der reichen Fülle des gesamten kosmischen Gedächtnismaterials schöpfen!" Das klingt phantastisch - fast zu schön, um wahr zu sein.

Einmalig in luziden Träumen ist es, dass man sich nicht nur bewusst ist, zu träumen, sondern dass man auch das Traumgeschehen willkürlich steuern kann.

Doch wenn sich für den Durchschnittsträumer auch nur ein Teil davon realisieren lässt, ist schon viel gewonnen. Denken Sie nur daran, wie gut Sie dann einen Albtraum in den Griff bekommen. Sollte Sie also wieder einmal ein feuerspeiender Drache verfolgen, dann laufen Sie nicht weg, sondern bieten ihm kühn die Stirn und verweisen ihn in seine Schranken. Jetzt wissen Sie ja, dass es sich bei ihm um kein Wesen aus Fleisch und Blut, sondern um einen Luftikus handelt. Sie brauchen ihn noch nicht einmal wie der Hl. Georg mit einer Lanze zu töten, sondern Sie verwenden eine viel elegantere Technik, die man "auf dem Haifisch reiten" nennt. Sie setzen sich ihm einfach auf den Rücken und befehlen ihm, Sie in der nächsten Disco abzuliefern oder an einen Badestrand von Ibiza hinzufliegen. Auf diese Weise können Sie auch den berüchtigten "Traumkater" vermeiden, der oft unseren Tag überschattet. Bekanntlich beeinflussen Träume unsere Stimmung nach dem Erwachen. Albträume hinterlassen das Gefühl, mit dem linken Bein zuerst aufgestanden zu sein. Erfreuliche Träume dagegen geben uns einen Auftrieb und tragen dazu bei, den Tag voller Energie und Vertrauen zu beginnen. Von nun an steuern Sie also Ihre Träume wie ein Computerspiel. Übrigens gibt es ein ganzes Volk, dessen Menschen von Kindheit an mit Klarträumen aufwachsen. Es sind die Senoi, ein indonesischer Volksstamm in Malaysia. Sie erlernen von frühester Jugend an, Träume zu verstehen, zu analysieren und in positive Bahnen zu lenken, wenn sie mit unheilvollen, bedrückenden, quälenden und krankmachenden Stimmungen begleitet sind. Darum sind diese Menschen lebensfroh, und Verbrechen und sonstige Gewalttaten sind bei ihnen fast unbekannt.

Doch wie gelangt man in dieses Klartraumbewusstsein? Lässt es sich willentlich herbeiführen oder müssen Sie bis zum nächsten Schaltjahr warten, bis es sich wieder einmal zufällig und gnädigerweise bei Ihnen einstellt? Keineswegs! Luzides Träumen können Sie durch Üben entwickeln, so dass Ihnen bei der Anwendung bestimmter Methoden, wann immer und so oft Sie wollen, beim Träumen die "Schuppen von den Augen fallen". Es muss also für Sie kein unerfüllbarer Traum bleiben, "hellwach" zu träumen und da-

Klarträume lassen sich bewusst herbeiführen, indem man sich vor dem Einschlafen auf sie "programmiert" und sich erwartungsvoll auf ihr Kommen einstellt. Dadurch lassen sich auch Albträume vermeiden oder zum Positiven hin verändern. Harmonische, seelische Ausgeglichenheit im Alltag kann das Ergebnis sein.

Ein Teenie hatte einen luziden Traum: „Ich ritt auf einem weißen Zotteltier durch die mondhelle Nacht. Nie zuvor sah ich alles in so übergroßer Klarheit. Ich wusste, dass ich träumte und konnte das Pferdchen ganz leicht lenken."

mit die Traumrealität reflektierend und steuernd zu beherrschen. Es wäre die absolute "Krönung" Ihrer bisherigen Traumarbeit, wenn Ihnen das gelingt. Und Sie hätten es in der "Kunst des Träumens" zur Meisterschaft gebracht. Natürlich ist das nicht von heute auf morgen zu schaffen. Ein gehöriges Maß an Ausdauer und Geduld müssen Sie schon mitbringen!

Da ist zunächst einmal die innere Vorbereitung. Fragen Sie sich mehrmals und eindringlich am Tag, ob Sie wachen oder träumen. Verständlicherweise werden sie wie aus der Pistole geschossen sagen: „Ich bin wach!" Aber das ist, wie schon früher betont, nicht bewiesen. Es ist nämlich gar nicht so selbstverständlich zu glauben, dass Sie beim Lesen dieser Zeilen nicht träumen. Im Traum sind Sie ja auch felsenfest davon überzeugt, nicht zu träumen und nehmen alles, was kommt, für bare Münze. Wie könnten Sie sonst in Panik geraten, wenn Sie zur Hinrichtung geführt werden? Durch diese häufigen und wiederholten Fragen jedenfalls wird es Ihnen zur Angewohnheit, jede Art von "Realität" zu bezweifeln, und diese "Marotte" stellt sich dann bei Ihnen auch ganz spontan im Traum ein.

Ein surreales Traumbild von großer Ausdruckskraft und Symbolik: Eine junge Frau berichtet, dass sich ihre beiden Augäpfel hinter der übergroßen Brille zu kleinen Brüsten vergrößerten, durch die sie besonders klar und scharf sehen konnte.

Deutung: Frauen haben aufgrund ihrer weiblichen Intuition einen viel besseren "Durchblick" im Bereich des Übersinnlichen als Männer. Daher nannte man die Begabtesten unter ihnen früher "Seherinnen" oder "Weise Frauen".

Zusätzlich programmieren Sie sich noch autosuggestiv vor dem Einschlafen. Wie bei dem in Kapitel 10 geschilderten Inkubationsverfahren versetzen Sie sich in eine positive Erwartungshaltung, nehmen sich fest vor, im Traum bewusst zu werden und sagen mehrfach: „Heute Nacht will ich einen Klartraum haben!" Versuchen Sie anfangs in Ihrer Vorstellung einen Flugtraum zu erzeugen, denn wenn Sie zu fliegen träumen, wird Ihnen am ehesten der phantastische Charakter des Unternehmens bewusst. Sie haben garantiert bisher im "wirklichen Leben" noch keine akrobatischen Kunstflugfiguren ohne Propellerantrieb ausgeübt. Darüber hinaus achten Sie auf gewisse Unstimmigkeiten, die Ihnen einen "Erinnerungswink" geben und damit den Klartraum auslösen können. Wenn Sie also einem Menschen mit vier Augen begegnen, einen Schuh tragen, der zwei Meter lang ist und die Form einer Zigarre hat, oder Kaiser Barbarossa fährt in einem Mercedes aus dem Kyffhäuser, dann sollten Sie eigentlich stutzig werden. Das haben Sie zwar früher Ihren Träumen noch "abgekauft", doch jetzt, mit Ihrer neuen bewusst skeptischen Haltung, geht das nicht mehr durch Ihre "Selbstzensur". Zudem hat alles einmal seine Grenze, auch wenn unser Alltagsleben wahrlich selbst schon reich an Absurditäten ist. So wurde vor vielen Jahren in München ein "Verein zur Verhinderung von Vereinsgründungen" ins Vereinsregister eingetragen.

Das mag noch angehen. Aber als der kalifornische Schlafforscher Stephen LaBerge von der Universität Stanford in einem Traum vor einem öffentlichen Gebäude zu stehen kam, an dessen Vorderfront ein Schild angebracht war: "Museum für unerfundene Erfindungen", ging ihm das denn doch über die Hutschnur und sein rationales Verständnis, und ihm wurde bewusst, dass er sich nicht in der vertrauten Wirklichkeit, sondern im Traumland befand. In dieser Erkenntnis betrat er gespannt das Haus. Es ist nicht überliefert, was er innen zu sehen bekam.

Im Zweifelsfall machen Sie es wie der berühmte russische Denker P.D. Ouspensky ("Tertium Organum"), der durch Herumexperimentieren zur Sache kam und zwar nach folgendem Rezept:

Bei Frauen, die häufig Klarträume haben, kann man davon ausgehen, dass sie in besonderem Maß über parapsychologische Fähigkeiten wie Gedankenlesen, Telepathie oder Präkognitition (Vorauswissen) verfügen. Diese lassen sich auch durch besondere Übungen entwickeln. (Siehe Seite 188)

„Einmal sah ich mich in einem großen, leeren und fensterlosen Raum", schreibt er. *„In diesem Raum befand sich außer mir nur ein kleines, schwarzes Kätzchen. Wie sollte ich nun herausfinden, dachte ich, ob ich träume oder wache, ob ich schlafe oder nicht? Ganz einfach. Ich denke, ich versuche es so: Dieses schwarze Kätzchen soll sich in einen großen, weißen Hund verwandeln. Im wachen Zustand ist das unmöglich. Doch wenn es gelingt, bedeutet das, dass ich träume. Ich hatte es kaum gedacht, als ein riesiger Hund vor mir saß. Gleichzeitig verschwand die gegenüberliegende Wand und gab den Blick frei auf eine Landschaft mit einem Fluss, der sich ringelförmig am Horizont verlor."*

Pech bei einem ähnlichen Test hatte die Psychologin Karin Oschander aus Berlin-Lichterfelde. Hören Sie, was ihr in einem Klartraum widerfuhr:

„Ich ging durch eine Einkaufsstraße, in der keine Autos fuhren. Alles erschien ungewöhnlich bunt. Ich war überzeugt, mich in einem Traum zu befinden. Um mir dies zu beweisen, wollte ich mit jemand darüber sprechen. Ich wandte mich also an einen Passanten und noch ei-

Lebhafte Straßenszene in einer Großstadt: Die meisten Menschen glauben ernsthaft, die mit unseren 5 Sinnen wahrnehmbare materielle Alltagswelt (die sog. Realität) sei die einzig vorhandene, glaubwürdige Dimension, alle anderen Seinszustände beruhen auf Spekulationen und Halluzinationen und seien illusionär.

Wissenschaftler gehen heute davon aus, dass wir in einer Welt leben, die aus mehreren, wenn nicht gar unzähligen, ineinander verschachtelten Dimensionen besteht, in denen der Zeitbegriff von Vergangenheit und Zukunft nicht existiert (nach René Magritte: "Das demaskierte Universum").

nen zweiten und fragte sie der Reihe nach, ob sie denn nicht wüssten, dass sie träumten und dass wir uns alle in einem Traum befänden. Könnten wir jetzt aufwachen, sagte ich, würden wir merken, dass dem so ist. Beide starrten mich völlig verständnislos an, genauso, wie dies Passanten getan hätten, würde ich in der Wirklichkeit derartige Fragen an sie gerichtet haben."

Bei einem späteren Versuch schnitt man ihr sogar hämische Grimassen und drohte ihr mit Ohrfeigen, da man sie für eine aufdringliche Sektenmissionarin hielt! Machen Sie sich also auf Überraschungen gefasst.

Schließlich gibt es noch eine letzte Hürde, die Sie nehmen müssen. Möglicherweise haben Sie auch schon einmal das seltsame Erlebnis gehabt, scheinbar aus einem

Traum zu erwachen, dann tatsächlich aufzuwachen und zu erkennen, dass Sie das erste Erwachen geträumt hatten - eine Erscheinung, die "trügerisches Erwachen" genannt wird. Das kann sich sogar mehrfach wiederholen, wie bei den bekannten hohlen, russischen "Matrjoschka-Puppen", die mehrfach ineinanderstecken ("Ein Traum, in einem Traum, in einem Traum"), so dass Sie langsam an Ihrem Verstand zu zweifeln beginnen, weil Sie nun überhaupt nicht mehr wissen, welche Bewusstseinsdimension eigentlich die "richtige" ist.

Doch seien Sie froh, wenn Ihnen Derartiges einmal geschieht - denn auf diese Weise werden Sie mit allerhöchsten philosophischen Seinsfragen konfrontiert, welche die "reale Welt des Scheins" und die "irreale Welt des Seins" betreffen. Hierbei dürfte Ihnen dann vermutlich "klar" werden, dass es in unserem Kosmos keine allgemeingültige "objektive Wirklichkeit" gibt, sondern statt dessen eine Fülle - vielleicht zahlloser - "Wirklichkeiten".

Dass unser Unterbewusstsein in der Lage ist, derartige Einsichten zusammenfassend auf den Punkt zu bringen, prägnant zu formulieren und uns als Lebensweisheit zu übermitteln, beweist ein Traum der Verlagssekretärin Vivian Xanther (29) aus Kiel. Als sie eines schönen Morgens aus ihrem tiefen (geistigen?) Schlummer erwachte, sah sie als letztes Bild, groß auf einem weißen, sonst unbeschrifteten Papierbogen, den sie aus der Tagespost einem an sie adressierten Umschlag entnommen hatte, den aufschlussreichen und erhellenden Satz:

Was ist Leben anderes, als lernen und erkennen.

ABC der Traumsymbole

Aal: *Deutet auf Intrigen hin (mehr Schlange als Fisch).*
Abend: *Eine zur Neige gehende Zeit.*
Abgrund: *Gefahrensignal. Sich davon abwenden: Tatsachen nicht akzeptieren wollen.*
Adler: *Kühne, hochfliegende Pläne. Losgelöstheit von irdischer Beschwernis.*
Affe: *Karikatur unseres Selbst. Entwicklung zum reifen Menschen stößt auf Schwierigkeiten.*
Alter: *Mahnung zur Besinnung.*
Ameisen: *Wenn in Massen auftauchend: Gefahrensignal. Sonst: Hinweis, fleißiger zu sein.*
Amputation: *Verlust der Handlungsfreiheit. Trennung von geliebter Person.*
Angeln: *Geduld nicht verlieren. Evtl. Zeitverschwendung.*
Apfel: *Gesundheit, gute Lebensverhältnisse.*
Apotheke: *Warnzeichen, mehr auf Krankheitssymptome zu achten.*

Arzt: *Vaterbindung. Suche nach Rat und Hilfe. Gestörtes Gleichgewicht.*
Asche: *Abschluss einer Angelegenheit.*
Atombombe: *Alarmzeichen. Gefahr innerer Spaltung.*
Auge: *Spiegel der Seele. Etwas bewusst machen.*
Auster: *Ein Fruchtbarkeitssymbol. Auch erotisch zu verstehen.*
Auto: *Steht für das eigene Ich. Wenn man selbst lenkt: alles im Griff. Bei schlechter Fahrweise: Alltagsängste.*
Axt: *Man will mit Gewalt sein Ziel erreichen.*
Baby: *Sehnsucht nach Geborgenheit.*
Bahnhof: *Neuer Lebensabschnitt, Situationsveränderung. Verpasster Zug: Angst, Ziele nicht zu erreichen.*
Ball: *Wie Kugel ein Ganzheitssymbol. Auch: den Kinderschuhen nicht entwachsen wollen.*

Banane: *Rein sexuell zu verstehen.*

Bär: *Unklarheiten über Menschen, mit denen man eine innerliche Beziehung hat.*

Bart: *Zeichen männlicher Überlegenheit. Oder: sich maskieren.*

Baum: *Wenn voller Blätter und blühend: positive Zukunftsaussichten.*

Beeren: *Mühselige, tägliche Kleinarbeit.*

Begräbnis: *Wandlungsvorgang für die Psyche. Resignation über unerfüllte Wünsche.*

Berg: *Schwierigkeiten sind zu überwinden.*

Besen: *Im Volksglauben erotische Bedeutung (Hexenritt). Sonst: Ordnung schaffen, auskehren.*

Bestattung: *Wer zugegen ist, kann in der Zukunft mit Glück rechnen.*

Bett: *Geborgenheit. Probleme mit der Sexualität.*

Blindheit: *Erblindung im Traum bedeutet, dass harte Zeiten bevorstehen.*

Brand: *Leidenschaft. Vernichtung.*

Braun: *Farbsymbol für das Erdhafte, Mütterliche, Bescheidene.*

Brief: *Neuigkeiten sind zu erwarten. Pflichtbewusstsein.*

Briefträger: *Jemand überrascht uns im guten Sinne; eine Hoffnung wird sich erfüllen.*

Brücke: *Vereinigung zweier Menschen.*

Brunnen: *Schlecht, wenn ohne Wasser. Gut, wenn voll.*

Burg: *Angst vor Bedrohung und Bedürfnis nach Schutz.*

Busen: *Symbolisiert das Bedürfnis nach Verbundenheit, Ruhe und Schutz.*

Butter: *Nahrungssorgen. Finanzielle Probleme.*

Champagner: *Lebensfreude. Ablegung der Selbstdisziplin.*

Chinese: *Verschlagenheit.*

Clown: *Furcht vor Spott. Mangelndes Selbstwertgefühl.*

Dach: *Kopf des Träumers, höchster Punkt. Hinneigung zu geistigen Idealen.*

Dampfer: *Reise in unbekannte Gewässer.*

Diamant: *Wohlstand, aber auch Bluff und eigene Überbewertung.*

Diebstahl: *Verlust, den man zu erleiden fürchtet, auch in persönlichen Beziehungen.*

Denkmal: *Übersteigerte Hoffnungen auf Verwirklichung von Plänen. Harmonie.*

Dornen: *Hindernisse auf dem Weg, Furcht vor Zurückweisung.*

Drachen: *Steht für Vitalität und Rücksichtslosigkeit.*

Droschke: *Sehnsucht nach Geborgenheit und traditionellem Familienleben.*

Durst: *Meist physiologische Reaktion ("Reiztraum").*

Ei: *Fruchtbarkeitssymbol. Positive Bedeutung.*

Eieruhr: *Angst, im Leben etwas zu verpassen.*

Einbrecher: *Sexuelles Trieb- leben bricht durch.*

Einsiedler: *Suche nach Er- kenntnis, Weltverneinung.*

Eisenbahn: *Wunsch, Neues zu beginnen. Zu spät kommen: Frustrationen.*

Eiszapfen: *Erkalten erotischer Beziehungen.*

Elefant: *Männliche Stärke, Ro- bustheit.*

Engel: *Schutzbedürfnis. Su- che nach Ausweg aus mo- mentanen Problemen.*

Entbindung: *Wunsch nach Entfaltung der Persönlichkeit.*

Ente: *Einer Sache unschlüs- sig sein.*

Enthauptung: *Befürchtung, Selbstkontrolle zu verlieren.*

Erdbeben: *Urangst vor dem Ungewissen, vor plötzlichen, einschneidenden Veränderun- gen.*

Erdbeere: *Positives Symbol für Zärtlichkeit, Liebe und Ehe.*

Ertrinken: *Erkenntnis eigener Hilflosigkeit. Wertvolles geht verloren.*

Eulen: *Misstrauen einer dunk- len Zukunft gegenüber.*

Fahrrad: *Etwas aus eigener Kraft schaffen.*

Fallen: *Haltlosigkeit, Unsicher- heit.*

Fächer: *Gedanken verbergen, Koketterie.*

Faust: *Kämpferisches Zeichen. Durchsetzungsvermögen.*

Fehlgeburt: *Befürchtung, et- was könnte schiefgehen.*

Feigen: *Günstiges Symbol für Glück und Harmonie in einer Liebesbeziehung.*

Feinde: *Eher Fehler im eigenen Inneren, als böse Menschen.*

Felsen: *Schwer zu überwin- dende Schwierigkeiten.*

Fesseln: *Teils freiwillige Bin- dung, teils Gefangenschaft oder sklavische Unterwerfung.*

Feuer: *Starke Liebeskraft, aber auch Hass und Rachsucht.*

Fisch: *Synonym für unbe- schwert-sorgloses Leben. Auch phallisches Symbol.*

Flasche: *Einengung.*

Flecken: *Bezieht sich meist auf charakterliche Unvollkom- menheiten.*

Fliegen: *Man will Probleme aus dem Weg gehen.*

Fluss: *Hindernisse auf dem Weg zum Ziel.*

Friedhof: *Hinweis auf große Lebenskonflikte.*

Gabel: *Zersplitterung in per- sönlicher Hinsicht.*

Garten: *Stellt unser Seelen- leben dar (blühend, verwildert, geordnet).*

Gasthaus: *Leibliches Wohl steht im Vordergrund.*

Geburt: *Ein geheimer Wunsch geht in Erfüllung. Günstige Zei- ten stehen bevor.*

Gefängnis: *Gebundenheit an Menschen, Umstände, Dinge. Verlust freier Entscheidungen.*

Geige: *Wunsch nach harmo- nischer Vereinigung. Ausge- prägtes weibliches Symbol.*

Geistlicher: *Konflikte spiritueller Art.*

Geld: *Nicht immer im eigentlich materiellen Sinn zu deuten. Steht auch für Leistungsfähigkeit.*

Geld verleihen, *um daraus Kapital zu schlagen: Die Zukunft sieht nicht rosig aus.*

Geschenk: *Veränderung der bisherigen mühseligen Lebenssituation.*

Geschwister: *Oft Verkörperung eigener Seelenanteile.*

Gift: *Es verabreichen: seinen Standpunkt durchsetzen wollen. Es erhalten: Erfolg wird missgönnt.*

Gitarre: *Hat mit dem weiblichen Eros zu tun, wie die meisten Saiteninstrumente.*

Glas: *Wenn es bis zum Rand gefüllt ist: günstiges Omen. Wenn es zerbricht: Vorsicht walten lassen.*

Glatze: *Angst vor Verlusten verschiedenster Art.*

Glocken: *Eine erfreuliche Nachricht steht ins Haus.*

Gold: *Erfolgssymbol.*

Gondel: *Warnung, sich leichtsinnig jemand anzuvertrauen.*

Grab: *Gedanken an einen Verstorbenen. Angst vor dem Tod.*

Gras, *grünes: Wohlergehen und Wohlstand. Dürres: schlechte Zeiten.*

Gürtel: *Wenn er reißt oder sich öffnet: Trennung. Enger schnallen: Man soll bescheidener auftreten.*

Haare, *lang: Sehnsucht nach Ungebundenheit.*

Hafen: *Man ist am Ziel seiner Hoffnungen angekommen.*

Hahn: *Stellvertretend für männliche Annäherungsversuche.*

Halskette: *Verkleidete innere Bindung persönlicher, bei Frauen meist erotischer Art.*

Haltestelle: *Haltepunkt für unser Ich, an dem man das bisherige Leben überdenken sollte.*

Hammer: *Symbol der Kraft und Unnachgiebigkeit.*

Hand: *Die linke Hand vertritt Weibliches, die rechte Männliches. Hand-in-Hand: Wunsch nach Anknüpfung von Liebesbeziehungen.*

Handschuh: *Man will etwas verheimlichen.*

Handtasche: *Weist auf psychische Situationen hin: verschlossen sein, sich öffnen etc.*

Haus: *Zeigt die innere und äußere Verfassung (Hütte, Bürohaus, Villa). Die einzelnen Stockwerke, wie Keller, Obergeschoss, Dachstuhl, drücken Körperregionen aus.*

Hebamme: *Hilfe durch weibliche Person.*

Hengst: *Wunsch nach kraftvollem, ungezähmten Leben.*

Herz: *Warnzeichen bei psychischer Überbelastung. Sich mehr um Mitmenschen kümmern.*

Hotel: *Unbehaustheit. Übergangsphase. Tarnung geheimer Gedanken.*

Igel: *Abwehrbereitschaft. Der Wunsch nach Isolation von anderen.*

Indien: *Zuwendung zum Innerlichen, Esoterischen.*

Insekten: *Nervosität. Belästigung. Ablehnung.*

Insel: *Neigung, allein sein zu wollen. Schwierigkeiten in der Lebensbewältigung.*

Jagen: *Wer auf die Jagd geht, wird bald angeklagt oder betrogen werden.*

Juwelen: *Extrovertierte Psyche. Luxusbedürfnis.*

Käfig: *Gefühlsmäßiges Bengtsein.*

Kanone: *Entschluss, etwas mit Gewalt durchzusetzen.*

Kapelle: *Mahnung zur Einkehr.*

Kapitän: *Ein treuer Begleiter steht zur Seite.*

Karten spielen: *Deutet auf Leichtsinn hin.*

Kartoffeln: *Ungehobeltes Verhalten.*

Karussel: *Kindliche Unbedachtheit. Eintönigkeit.*

Katze: *Anlehnungsbedürfnis. Ungebundenheit. Trotzreaktion.*

Keller: *Bereich des Unbewussten (Haus = Mensch), Fundament.*

Kette: *Sich an jemand gebunden fühlen.*

Kerze: *Lebens- und Wiedergeburtssymbol (brennen, verlöschen, flackern).*

Kirche: *Sehnsucht nach Ruhe. Hinweis, über den Sinn des Lebens nachzudenken.*

Klavier: *Als Ganzes: breite Gefühlsskala bei einem Menschen. Linke, tiefe Tasten: dunkler Seelenbereich. Rechte, hohe Tasten: klares Bewusstsein.*

Kleider: *Vielfalt von Bedeutungen, die sich aus der Situation ergeben.*

Klettern: *Abenteuerlust. Schwieriges Gelingen. Durchhaltevermögen.*

Knoten: *Unlösbar scheinende Verwicklungen.*

Koffer: *Psychische Belastungen. Koffer packen: Sorgen irgendwo.*

Kompass: *Suche nach geistiger Orientierung.*

König: *Oberste Instanz. Vaterfigur.*

Korb, *bekommen: Ablehnung erfahren.*

Kornfeld: *Positives Symbol. Weist auf reiche Ernte hin. Übergang, Veränderung.*

Krankenhaus: *Sinnbild für Hilflosigkeit und bedrückende Sorgen.*

Krankheit: *Empfehlung, einer Krankheit mehr Aufmerksamkeit zu schenken.*

Kreuz: *Leiden und Opfer können nicht umgangen werden.*

Krieg: *Selten wörtlich zu nehmen, sondern: Auseinandersetzungen in der Psyche.*

Krug: *Erotische Symbolbedeutung. Zerbrechen: Streit.*

Kuchen: *Freudige Überraschung steht ins Haus.*

Kugelschreiber: *Enge Verbindung zu einer Person. Kommunikation.*

Kuh: *Muttersymbol. Bedürfnis nach Sorgenfreiheit.*

Küken: *Mangelnder Mut. Schüchternheit.*

Kündigung: *Angst, etwas nicht richtig zu machen.*

Kuss: *Meist erotisch zu verstehen, aber auch: Vereinigungswunsch, auch politisch (Wangenkuss).*

Labyrinth: *Man ist in die Irre gegangen und weiß nicht ein noch aus.*

Lack: *Etwas soll beschönigt werden.*

Laub: *Hinweis auf Vergänglichkeit.*

Lawine: *Drohende Gefahr. Warnung, sich rechtzeitig in Sicherheit zu bringen.*

Lehnstuhl: *Man will seine Ruhe haben, überlässt die Arbeit anderen.*

Lehrer: *Autoritätsfigur, wie Vater oder Polizist. Eine Prüfung steht bevor.*

Leiche: *Eine Beziehung oder bestimmte Gefühle sind abgestorben.*

Leim: *Man kommt von einer Idee oder einer Person nicht los.*

Leiter: *Unsicherheit über Erfolg oder Misserfolg.*

Leuchtturm: *Hilfreiche Bewusstwerdung. Wegweiser auf dem Lebensweg.*

Lift: *Vereinfachung eines Problems durch Wegschauen.*

Linsen: *Man muss mit einer unangenehmen Sache selbst fertig werden.*

Loch: *Warnung vor Unachtsamkeit.*

Lokomotive: *Mit voller Kraft voran.*

Lotterie: *Einsatz mit der Wahrscheinlichkeit eines Fehlschlags.*

Löwe: *Symbol großer Kampfkraft und Selbstherrlichkeit.*

Lupe: *Kleinigkeiten zu wichtig nehmen.*

Magnet: *Herstellung einer wichtigen Verbindung oder Bekanntschaft.*

Makkaroni: *Mahnung, sich in einer bestimmten Angelegenheit zu beeilen.*

Mantel: *Angst, durchschaut zu werden.*

Maschine: *Deutet auf geordnete und geregelte Verhältnisse hin.*

Maske: *Unklarheit über den Charakter einer Person.*

Mauer: *Bedürfnis nach Sicherheit oder ein Hindernis.*

Maurer: *Hinweis, mehr Geduld zu haben.*

Maus: *Oft ein Warntraum, dass Lebenskräfte insgeheim übermäßig verzehrt und abgebaut werden.*

Mausefalle: *Jemand führt Böses im Schilde.*

Medaille: *Belohnung für eine Leistung ist zu erwarten.*

Meer: *Neues ist im Kommen.*

Melken: *Ermutigung, das Glück zu ergreifen.*

Messer: *Warnung vor plötzlicher Aggressivität.*

Milch: *Unreife. Kindlichkeit.*

Mineralwasser: *Man begnügt sich mit harmlosen und billigen Freuden.*

Möbel: *Alltagswünsche werden erfüllt.*

Mond: *Unbeständigkeit. Launen.*

Morast: *Düstere Zukunft. Probleme sind zu erwarten.*

Mord: *Beendigung eines Lebensabschnitts um jeden Preis.*

Morgenrot: *Wendung zum Besseren.*

Mosaik: *Beschäftigung mit einer komplizierten Angelegenheit.*

Motorrad: *Energiesymbol. Schnelle Veränderung.*

Mücken: *Lästige Schwierigkeiten kündigen sich an.*

Mühle: *Ausgeliefertsein an höhere Kräfte.*

Mumien: *Langes Leben ist zu erwarten.*

Münzen: *Warnung vor geplanten Ausgaben.*

Muschel: *Ein sorgfältig gehütetes Geheimnis wird gelüftet. Verschlossenheit.*

Nabel: *Selbstsucht. Mutterbindung.*

Nacht: *Gefahren. Das Unbewusste.*

Nachthemd: *Entspricht dem Charakter des Menschen im Leben.*

Nacktheit: *Furcht, sich eine Blöße zu geben.*

Nadeln: *Kleinigkeiten können sich zum Streit ausweiten.*

Nägel: *Beharren auf fixiertem Standpunkt.*

Nagetiere: *Sorge um das tägliche Brot.*

Narben: *Erinnerung an zurückliegende Schicksalsschläge.*

Nase: *Die richtige Entscheidung treffen.*

Nebel: *Unklarheit über Zukunft und einzuschlagenden Weg.*

Nelken: *Leichte Mädchen.*

Nesseln: *Warnung, sich in Gefahr zu begeben.*

Nest: *Wunsch nach Familiengründung.*

Neubau: *Seelische Umorientierung.*

Niesen: *Man will sich von etwas Lästigem befreien.*

Nuss: *Nicht vor Schwierigkeiten zurückschrecken. Kern der Persönlichkeit.*

Oase: *Herausfinden aus einer trostlosen Lage.*

Ofen: *Wenn geheizt: freundliche Umwelt. Wenn erkaltet: Gefühle sind abgestorben.*

Omnibus: *Man kann nur gemeinschaftlich ein Ziel erreichen.*

Operation: *Etwas im Leben muss einschneidend geändert werden.*

Orgel: *Wunsch nach innerer Harmonie. Ein ernstes Ereignis kündigt sich an.*

Orkan: *Unruhiges Seelenleben.*

Ozean: *Das kosmische Unbewusste.*

Packen: *Änderungen stehen bevor.*

Paket: *Mit Überraschungen ist zu rechnen.*

Palast: *Man möchte in besserem Licht erscheinen, denn der Palast ist ein Gebäude mit glitzernder Fassade.*

Palmen: *Sehnsucht nach Harmonie und menschlichen Kontakten.*

Papagei: *Klatschereien können Schaden zufügen.*

Parfüm: *Eigene Schwächen sollen überdeckt werden.*

Pass: *Sich über einen Ausweg klargeworden sein.*

Peitsche: *Neigung zur Unterwerfung. Sich hemmungslos geben.*

Perlen: *Etwas Wertvolles schaffen wollen.*

Perücke: *Verlorene Kräfte zurückgewinnen.*

Pfau: *Eigenliebe. Bunte Vielfalt des Lebens.*

Pflanzen: *Pläne werden gedeihen.*

Pilze: *Sich mit kleinen Erfolgen zufrieden geben.*

Pilger: *Verzicht auf Lebensfreude.*

Polizist: *Autorität. Gesetz und Ordnung. Schlechtes Gewissen.*

Pudern: *Etwas verdecken wollen.*

Prüfung: *Berufsprobleme in der Leistungsgesellschaft.*

Puppe: *Nichterfüllung erotischer Wünsche.*

Quelle: *Klarheit in geistiger Beziehung.*

Quittung: *Größere Ausgaben sind zu erwarten.*

Rabe: *Signalisiert im Volksglauben Unheil, dunkle Gedanken.*

Rad: *Wille, aus eigener Kraft etwas erreichen zu wollen.*

Radieschen: *Aufkeimende Affäre mit bescheidenen Aussichten.*

Rakete: *Über normale Ziele hinausschießen wollen.*

Radio: *Botschaft vom Unbewussten.*

Ratte: *Zweifel, die einer positiven Lebenseinstellung hinderlich sind.*

Raubtiere: *Bedrohliche weibliche Aggressionstendenzen.*

Rauch: *Unklare Lage.*

Reben: *Zufriedenheit im eigenen Heim.*

Rechnung: *Zweifel am eigenen Wert.*

Rechtsanwalt: *Eine kritische Angelegenheit muss erledigt werden.*

Regen: *Reinigungsprozess. Geistige Befruchtung durch neue Ideen.*

Rehe: *Glücksbotschaften, die nicht lange anhalten.*

Reise: *Lebensweg muss auf andere Weise fortgesetzt werden.*

Reiten: *Beherrschte und gezähmte Triebe.*

Revolution: *Kündet plötzliche und unerwartete Ereignisse an, die störend in den geregelten Lebensgang eingreifen.*

Revolver: *Symbol männlicher Aggressivität.*

Ring: *Bindung an einen Menschen.*

Ringen: *Auseinandersetzung mit ungewissem Ausgang.*

Rom: *Geschehen, das sich im Zentrum der psychischen Tätigkeit abspielt.*

Rose: *Symbol des Weiblichen in einer Gefühlsfunktion.*

Röntgen: *Versuch, klares Bild zu bekommen.*

Rosinen: *Vergangenes, Verflossenes, Gestorbenes.*

Rot: *Lebensaktivitäten im Bereich der Gefühle und Leidenschaften.*

Rubin: *Symbol feuriger Liebe.*

Rücken: *Gefahr wird geahnt, aber nicht genau erkannt.*

Rucksack: *Bürde auf der Lebenswanderung.*

Rudern: *Schwere Arbeit, die Schweiß kostet.*

Ruine: *Etwas gemahnt uns an das Vergängliche, dessen Teil wir sind.*

Runzeln: *Schlechte Lebenserfahrungen.*

Sand: *Schlechtes, unsicheres Fundament.*

Salz: *Hinweis auf körperliche Mangelerscheinungen.*

Säge: *Trennung steht bevor.*

Sägespäne: *Versuch, ins Einzelne zu gehen.*

Schauspieler: *Man sollte sich vor Leuten hüten, die nur nachsprechen, was andere ihnen vorgesagt haben.*

Scheck: *Verpflichtungen übernehmen müssen.*

Scherben: *bringen nicht immer Glück, sondern oft auch das Gegenteil.*

Schere: *Streitigkeiten und Ärger sind zu erwarten.*

Schiffbruch: *Gefahr droht.*

Schildkröte: *Widerstandsfähigkeit gegen Krankheiten.*

Schlafen: *Flucht und Furcht vor der Realität.*

Schlagbaum: *Fortkommen wird behindert.*

Schlamm: *Warnung vor Umgang mit niederen Menschen.*

Schlange: *Wenn eine Schlange im Traum auftaucht, sind Sorgen und Probleme zu erwarten.*

Schlüsselbund: *Man verzettelt sich zu sehr und kann sich nur schwer entscheiden.*

Schmetterling: *Eine positive Umwandlung bahnt sich an.*

Schornstein: *Man sollte einmal seinen Ärger ablassen und sich von Bedrückendem befreien.*

Schule: *Lektionen müssen wiederholt werden.*

Schwanz: *Ausklang einer Episode.*

Sessel: *Man soll sich mehr Ruhe gönnen.*

Silber: *Hinweis auf positive weibliche Werte.*

Soldat: *Dringende Aufforderung, sich ins Leben einzuordnen und Disziplin einzuhalten. Freudlose Tage stehen bevor.*

Sommer: *Vielerlei Vergnügen sind zu erwarten.*
Sommersprossen: *Befürchtung, man könne einem ein Vergehen ansehen.*
Spazieren gehen: *Man möchte gemächlich durchs Leben gehen.*
Spiegel: *Aufforderung zu mehr Selbstkritik.*
Spinne: *Symbol lauernder Gefahr. Intrigen werden gesponnen.*
Spirale: *Ein steckengebliebener Prozess kommt in Gang.*
Sterne: *Ausweitung der Lebensziele.*
Stier: *Sinnbild aktiver männlicher Kraft.*
Storch: *Man hat hochfliegende Pläne mit sich und seiner Familie.*
Straße: *Bild für den Lebensweg des Träumers.*
Sumpf: *Gefahr, in einer Sache steckenzubleiben.*
Süßigkeiten: *Man sehnt sich nach Liebe.*
Tal: *Krise im Lebensweg. Eine Ruhezeit ist nötig.*
Tapezieren: *Wunsch nach Veränderung.*
Taube: *Symbol erotischer Annäherung.*
Teufel: *Verworrene geistige Lage. Religiöse Probleme werden aus dem Bewusstsein verdrängt.*
Thermometer: *Grade deuten auf ein Auf- und Abklingen einer Freundschaft hin.*

Tinte: *Mahnung an Erledigung schwebender Dinge.*
Toilette: *Man will sich entlasten, etwas abstreifen, das einen bedrückt.*
Trauben *pflücken: Spaß und Glück, Wohlstand und gute Gesundheit.*
Treppe: *Sorgen und Mühen um Existenz.*
Tunnel: *Vorübergehende Schwächeperiode.*
Turm: *Große Pläne gehen in Erfüllung.*
Überfall: *Man kann Stress im Alltag nicht verkraften und ist auf dem besten Weg, durchzudrehen.*
Überschwemmung:*Ausdruck überwältigender Gefühlsregungen.*
Ufer: *Rettung ist in Sicht. Umstellung im Leben.*
Uhr: *Angst, das Leben könnte zu schnell vergehen.*
Umzug: *Man fühlt sich im jetzigen Wirkungskreis nicht wohl.*
Ungeheuer: *Phantastische Wesen und Fabeltiere als Symbole von unbewussten Triebvorgängen und bewussten Gewissenskonflikten, die eigentlich abgelehnt, verurteilt, doch nicht überwunden werden können.*
Unterhose: *Angst, sich lächerlich zu machen.*
Urne: *Man wird traurige Dinge erleben, jedoch keinen Todesfall.*

Veilchen: *Rückerinnerung an verflossene Ereignisse.*

Vergraben: *Man versucht, negative Triebe vor anderen zu verheimlichen.*

Verletzung: *Eine Veränderung wird aufgezwungen.*

Verpassen von Eisenbahn, Bus o.ä.: *Unbewusst nagendes Gefühl, gesetzte Ziele nicht zu erreichen, wichtige Dinge des Lebens nicht zu schaffen, auf bestimmten Ebenen zu versagen, mit eventuellen Lösungen immer zu spät zu kommen.*

Verspätung: *Angst, im Leben den Anschluss zu verlieren oder den richtigen Augenblick zu verpassen.*

Vogelnest: *Hinweis auf ein gutes Familienleben.*

Waben: *Honig gefüllte Waben lassen auf ein Leben in Liebe und Wohlstand schließen.*

Wasserfall: *Gute Anlagen, die sich schnell entwickeln.*

Webstuhl: *Erfolge schreiten langsam, aber sicher voran.*

Weltuntergang: *Angst vor den Anforderungen des Lebens.*

Wiese: *Heitere Lebenseinstellung*

Wolf: *Mit seinen Aggressionen im Konflikt stehen.*

Zahnverlust: *Derzeitiges Fehlen des Bisses. Angst, bestimmte Probleme anzugehen. Unfähigkeit, bestehende Konflikte konkret anzupacken, allgemeine Lebensniedergeschlagenheit.*

Zitronen: *Man wird von jemanden ausgenutzt.*

Zucker: *Das Leben genießen wollen.*

Zwerg: *Minderwertigkeitskomplex.*

Zylinder: *Männliches Symbolzeichen.*

Diesen "unbekümmerten" Schläfer (nach einem Gemälde von René Magritte) plagen beneidenswerterweise keine Albträume. Das Tagesgeschehen hat er hinter sich gelassen, und er genießt ganz entspannt seine innere Bilderwelt.

Anhang

$\rightarrow$

Finden Sie auf den nachfolgenden Seiten eine Gegenüberstellung zahlreicher Träume, wie sie im Altertum von einigen Griechen und Römern aufgezeichnet wurden, und Traumerzählungen von Frauen aus unserer Zeit.

Im Kontrast ergibt sich ein interessanter Einblick in die Ähnlichkeit der Traumthemen, ihre Verschiedenartigkeit und ihre kulturell geprägten, unterschiedlichen Deutungen.

Traumdeutung in der Antike

Die Kunst der Traumdeutung stand schon im Altertum in hohem Ansehen und war bei allen sozialen Schichten als wichtiges Mittel der Lebensorientierung und -bewältigung weit verbreitet. Sie hatte sowohl im privaten als auch im öffentlichen Leben ihren festen Platz. Selbst Ärzte und Intellektuelle, römische Kaiser und griechische Philosophen waren in ihrer Mehrzahl von der Glaubwürdigkeit der nächtlichen Bildersprache fest überzeugt.

Doch ging es damals nicht, wie zumeist bei der heutigen Traumanalyse, um die Erforschung der eigenen Tiefenschichten, der Erhellung des "Unterbewusstseins" (dieser Begriff war noch nicht bekannt), sondern ganz konkret darum, einen Blick in die Zukunft zu erhaschen, zu erfahren, was einem bevorstand und wie man bestimmten Ereignissen rechtzeitig aus dem Weg gehen konnte. Träume galten als ein wichtiges Verbindungsglied zu höheren Wirklichkeiten und wurden daher als Botschaften der Götter verstanden, die damit die Menschen leiten und, wenn nötig, vor Gefahren warnen wollten. Sie hatten also ihrer Ansicht nach fast ausschließlich prophetische, weissagende Funktion.

Im Großen und Ganzen ging es um die alltäglichen Dinge des Lebens, um Reichtum und Armut, um Gesundheit und Krankheit, ob Sturm oder günstiges Wetter zu erwarten war, den voraussichtlichen Verlauf einer Reise, ob sich in einer Ehe Kindersegen einstellen würde oder nicht, ob geheime Wünsche oder Vorhaben sich erfüllten.

Da man verständlicherweise selbst nicht in der Lage war, die komplexe Bildsprache zu verstehen, musste man sich an "Spezialisten" wenden. Die Mächtigen und Reichen hielten sich ihre eigenen Haus-Analytiker - wer einigermaßen wohlhabend war, konsultierte öffentliche Traumdeuter. Wieder andere, insbesondere aus dem einfachen Bürgerstand, besorgten sich, insofern sie lesen konnten, einschlägige Traumlexika, in denen man - wie heute - unter bestimmten Stichwörtern nachschlagen konnte, was diesbezügliche Bilder und Symbole bedeuteten. Es lag dann an der Kombinationsfähigkeit des Lesers, ob er den verbindenden Sinn entdecken konnte.

Da die Nachfrage nach diesen Ratgebern groß war, entstand im Laufe der Zeit eine Literatur, die einen immer beträchtlicheren Umfang annahm. Die Tradition der orakelartigen Traumbücher lässt sich weit zurückverfolgen. So gab es schon in der Bibliothek des assyrischen Königs Assurbanipal nicht nur zahlreiche Tontafeln, auf denen Träume niedergeschrieben waren, sondern auch einen Traumkanon, der feste Richtlinien für deren Deutung aufstellte. Das älteste Traumbuch ist in einem ägyptischen Papyrus erhalten, der aus der Zeit der 12. Ägyptischen Dynastie (2000-1700 v. Chr.) stammt und heute im Britischen Museum aufbewahrt wird.

Als Verfasser des ersten größeren Traumbuches gilt der Athener Antiphon. Seine Schrift fand viel Beachtung und übte auf spätere Autoren großen Einfluss aus. Es hat sich anscheinend um eine Sammlung einzelner Wahrträume und deren Erfüllung gehandelt. Daneben enthielt sie Erläuterungen und Tipps verschiedenster Art, beispielsweise, dass Schlafende leichter Träume haben würden, wenn sie unter ihren Kopf Lorbeerblätter legten. Doch das erste, als Ganzes noch erhaltene Traumbuch, das alle anderen überragte, sie gewissermaßen zusammenfasste und die Literatur der griechischen Traumbücher abschließt, ist das aus fünf Bänden bestehende Traumbuch des Artemidoros mit dem Titel "Oneirokritika".

Artemidoros lebte im 2. Jh. n.Chr. im kleinasiatischen Ephesos. Eine jahrzehntelange Erfahrung als professioneller Traumdeuter lag hinter ihm, als er gegen Ende seines Lebens den Entschluss fasste, sein umfangreiches Wissen einem breiteren Publikum in Form eines auch für Laien verständlichen "Sachbuches" zugänglich zu machen. Außerdem wollte er mit seinem aus 5 Bänden bestehenden Werk die Weissagekunst mit ihren Disziplinen gegen Kritiker verteidigen und die tiefe Bedeutsamkeit der Träume beweisen.

Dabei ließ er sich nicht nur von seinen persönlichen Erfahrungen leiten, sondern machte sich auch die Kenntnisse seiner Vorgänger zunutze, indem er die gesamten, bis zu seiner Zeit erschienenen Fachschriften zu Rate zog. Im Vorwort rühmte er sich, dass es keine Publikation über Traumdeutung gäbe, die er nicht erworben und studiert hätte. Man kann also bei ihm voraussetzen, dass sein Buch auf intensiver Beschäftigung mit dem Traumphänomen beruht.

Der Autor kommt mit seinen Ansichten dem heutigen Interpretationsverständnis schon erheblich näher, als seine Kollegen. Da der Sinn eines Traumes selten auf Anhieb zu fassen war, ging es ihm zunächst einmal darum, die Spreu vom Weizen zu trennen, d.h. zu klären, ob ein Traum bedeutungslos erschien oder einen zukunftserhellenden Wert hatte. Die Träume der ersten Kategorie waren rein physiologischen Ursprungs, gingen von körperlichen Reizen, von Tageswünschen und Ängsten aus und brauchten im Sinne einer Voraussage nicht näher untersucht zu werden. Sie erinnerten nur an Zustände der Gegenwart. Die zweite Kategorie jedoch, die "Gesichte", enthüllten die Zukunft. Hierbei erkannte er sehr genau, dass die Umgebung des Träumers, seine psychische Verfassung, sein Alter, seine Umgebung, sein Familienstand und dgl. Faktoren darstellten, die den Traum beeinflussten und die der Traumdeuter unbedingt kennen sollte. Rein mechanisch ließen sich Träume nicht interpretieren, sondern sie verlangten Intuition und Einfühlungsgabe des Deuters.

Ähnliches ist erforderlich, wenn man aus heutiger Sicht das Traumbuch des Artemidoros beurteilt. Man versteht seine Ausführungen und Kommentare nur dann richtig, wenn man sie in die zeitgebundenen Vorstellungen und die Gedankengänge des damaligen Lebensgefühls einordnet. Insgesamt hat der Autor 1.400 Träume als "Fallbeispiele" aufgeführt, die zu ca. 3.000 Deutungen führten.

Einige davon sind nachstehend abgedruckt.

•

So träumten die alten Griechen

Flug über Rom

Es träumte jemand, der sich in Rom aufhielt, er fliege dicht an den Dächern vorbei um die Stadt herum, sei ganz stolz auf die Leichtigkeit des Fliegens und werde von allen, die ihm zuschauten, bewundert; vor Anstrengung aber und infolge Herzbeschwerden höre er auf zu fliegen und verstecke sich vor Scham. Bewundert und im Ruf eines hervorragenden Weissagers lebte er als angesehene Persönlichkeit in der Stadt und erwarb nicht nur Anerkennung, sondern auch ein stattliches Vermögen. Doch hatte er weder an der Weissagekunst noch an seinen Einkünften rechte Freude, denn seine Gattin ließ ihn schmählich im Stich, so dass er aus gekränktem Ehrgefühl die Stadt verließ.

Die Todesahnung

Jemand träumte, es sage ihm einer: „Habe keine Furcht, dass du sterben wirst, aber leben kannst du auch nicht." Der Mann erblindete, indem sich das Gesicht ganz natürlich und folgerichtig an ihm erfüllte; denn insofern er am Leben blieb, war er nicht gestorben, er lebte aber nicht, insofern er das Licht nicht sehen konnte.

Die Weizenhalme

Eine Frau träumte, aus ihrer Brust seien Weizenhalme gewachsen, die umgeknickt sich wieder in ihre Scham zurücksenkten. Diese Person übte infolge eines unvorhergesehenen Umstandes, ohne es zu ahnen, Geschlechtsverkehr mit ihrem eigenen Sohn, dann aber machte sie ihrem Leben ein Ende und starb elend; die Halme bedeuteten den Sohn, das Hinabsenken in ihre Scham die geschlechtliche Vereinigung, während ihr böses Schicksal durch die aus ihrem Körper emporgewachsene Saat angezeigt wurde; denn diese pflegt aus der Erde und nicht aus Körpern zu sprießen.

Die Konkurrentin

Eine Frau träumte, ihre Sklavin, die ihr als Friseurin diente, hänge sich ihr auf ein Medaillon gemaltes Bild um und ziehe ihre Kleider an, als wolle sie zu einem Festzug gehen. Alsbald machte die Sklavin ihr den Mann abspenstig, indem diese sie verleumdete und beschwor ihr Widerwärtigkeiten und ärgerliche Szenen herauf.

Die ermordete Geliebte

Jemand träumte, er sehe seine Geliebte in einem irdenen Weinkrug liegen. Die Geliebte starb durch die Hand eines Staatssklaven. Das Liegen in dem irdenen Gefäß bedeutete der Frau ganz natürlich den Tod; durch die Hand eines Staatssklaven aber, weil der Krug der Öffentlichkeit gehört und jedermann zu Diensten steht.

Die Matratze

Es träumte jemand, er habe in seiner Matratze statt Wolle Weizen. Er hatte eine Frau, die früher nie empfangen hatte, in jenem Jahr aber schwanger wurde und einen Knaben zur Welt brachte. Die Matratze bedeutete die Ehefrau, der Weizen den männlichen Samen.

Das eiserne Geschlechtsglied

Es träumte jemand, er habe ein eisernes Geschlechtsglied. Es wurde ihm ein Sohn geboren, der ihn umbrachte; denn das Eisen wird durch den Rost zunichte, der aus ihm entsteht.

Die Masturbation

Es träumte ein angesehener Mann, ein Pächter großer Abgaben, er gebrauche sich selbst. Er geriet in eine derart ausweglose Lage, dass er sich infolge wirtschaftlicher Not und ständiger Schulden das Leben nahm, was ganz folgerichtig ausging; denn er war gänzlich ohne Verkehr mit anderen Menschen und so bar aller Geldmittel, dass er sich selbst befriedigen musste.

Der verlorene Ring

Es träumte jemand, er habe seinen Ring, mit dem er alles zu siegeln pflegte, verloren; dank eifriger Suche habe er dann den eingefassten Stein, in fünfundfünfzig Teilchen zersplittert, wieder aufgefunden, so dass er nunmehr unbrauchbar war. Innerhalb von fünfundfünfzig Tagen machte er völlig bankrott.

Ein abstoßender Traum

Es träumte jemand, er esse seinen eigenen Kot mit Brot und verspüre dabei ein Wohlbehagen. Er gelangte auf unrechtmäßige Weise in den Besitz einer Erbschaft und wurde infolge des verspürten Wohlbehagens zwar nicht gerichtlich belangt, doch wegen des Kotes erweckte er Verdacht; es war ganz natürlich, dass der materielle Gewinn ihm Schande einbrachte.

Die sieben Feigen

Es träumte einem, der eine reiche, aber kranke Schwester hatte, dass vor deren Haus ein Feigenbaum gewachsen sei, von dem er dunkle Feigen, sieben an der Zahl, abpflücke und verzehre. Die Schwester starb, nachdem sie noch sieben Tage gelebt und den Träumenden als Erben eingesetzt hatte.

Die sich häutende Schlange

Jemand träumte, er fahre gleich einer sich häutenden Schlange aus seinem Leib. Am folgenden Tag starb er, denn seine Seele, die den Körper verlassen wollte, gab ihm solche Vorstellungen ein.

Ausschluss vom Wettkampf

Ein jugendlicher Ringkämpfer, der wegen der Zulassung zum Wettkampf in großer Sorge war, träumte, Asklepios sei Kampfrichter und der Gott habe ihn beim Vorbeimarsch, als er zusammen mit den übrigen jungen Leuten einzog, ausgeschieden. Noch vor Beginn des Wettkampfs starb er, der Gott hatte ihn nämlich nicht vom Wettkampf, sondern vom Leben ausgeschlossen, über das er nach allgemeinem Glauben noch weit mehr Richter ist.

Die Darmsanierung

Ein Läufer, der an einem heiligen Wettkampf teilnehmen wollte, träumte, er reinige mit einem Besen eine von Unrat und Schlamm verschmutzte Wasserleitung und spüle sie mit viel Wasser aus, um sie wieder leicht fließend und sauber zu machen. Am folgenden Tag ließ er sich eine Klistierspritze geben und unterzog seinem Darm einer Generalreinigung, obwohl er kurz vor dem Wettkampf stand; schnellfüßig und erleichtert erkämpfte er sich den Siegeskranz.

Ein falsches Geschenk

Eine Frau träumte, ihr Liebhaber mache ihr einen Schweinskopf zum Geschenk. Sie begann einen Widerwillen gegen ihn zu empfinden und gab ihm schließlich den Laufpaß; denn das Schwein ist unempfindlich für Liebe.

Vorhergesehener Tod eines Kindes

Einer, der auf einer Gesandtschaftsreise im Ausland weilte, träumte, er sei heimgekehrt, dann sei seine Frau auf ihn zugekommen und habe gesagt: „Die kleine Musa ist gestorben ... " Er erhielt von seiner Frau die Nachricht, dass das jüngste seiner Kinder gestorben sei; es war das ein reizendes Kind und hold wie die Musen.

Die Lanze als Symbol

Jemand träumte, es verwunde ihn eine vom Himmel herabgefallene Lanze an einem Fuß. Der Mann wurde an eben jenem Fuß von einer sogenannten Lanzenschlange gebissen, er bekam den Knochenfraß und starb.

Der Hinauswurf

Es träumte jemand, er werde vom Bürgermeister seiner Stadt aus dem Gymnasium hinausgeworfen. Der Betreffende wurde von seinem Vater aus dem Haus verstoßen; denn dieselbe Bedeutung, die der Bürgermeister in einer Stadt hat, kommt dem Vater im Haus zu.

Vorhergesehene Sohnsgeburt

Es träumte jemand, ein Adler reiße ihm mit den Fängen die Eingeweide heraus, trage sie durch die Stadt in das dichtbesetzte Theater und zeige sie den Zuschauern. Der Träumende war kinderlos, und es wurde ihm nach diesem Traumgesicht ein Sohn geboren, der in der Stadt Namen und Ansehen erlangte; denn der Adler bedeutete das Jahr, in welchem ihm der Sohn geboren werden sollte, die Eingeweide den Sohn - denn so pflegt man seine Kinder zu nennen - und das Ins-Theater-Tragen das Ansehen und den Namen desselben.

Die Datteln (ein Heiltraum)

Ein Magenkranker, der Asklepios um eine Heilanweisung bat, träumte, er betrete das Heiligtum des Gottes und dieser streckte ihm die Finger seiner rechten Hand entgegen, damit er sie esse. Der Mann verzehrte fünf Datteln und wurde dadurch geheilt; denn die feinsten Datteln werden Finger genannt.

Der Mond als Symbol

Es träumte jemand, er erblicke im Mond sein eigenes Antlitz. Der Mann unternahm eine Reise in ein fernes Land und verbrachte die meiste Zeit seines Lebens auf Irrfahrten und im Ausland; denn die ewige Bewegung des Mondes sollte ihn in ihren Bann ziehen.

Die Prozessakten

Jemand träumte, er sei in einen Prozess wegen politischer Vergehen verwickelt und habe seine Prozessakten verloren. Am folgenden Tag, als der Prozess verhandelt wurde, wurde er von allen Anklagepunkten freigesprochen, und das war es, was ihm das Traumgesicht andeutete, er werde von allen Anklagepunkten freigesprochen und benötige keine Prozessakten mehr.

Die Erblindung

Es träumte jemand, sein Sklave, den er mehr als alle anderen schätzte, sei zu einer Fackel geworden. Der Mann erblindete und musste sich von eben jenem Sklaven führen lassen, und auf diese Weise schaute er gewissermaßen durch jenen das Licht.

An Poseidon gekettet

Es träumte jemand, er sei an den Sockel des Poseidon vom Isthmos angekettet. Er wurde Priester des Poseidon; denn als solcher durfte er sich vom Ort seines Priesteramts nicht entfernen.

Der verlorene Hausschlüssel

Es träumte jemand, der auf Reisen im Ausland war, er habe seinen Hausschlüssel verloren. Nach Hause zurückgekehrt, fand er seine Tochter verführt; das Traumgesicht sagte ihm, dass die Verhältnisse zu Hause nicht in Ordnung seien.

Der Phallus als Symbol

Ein Frau träumte, sie halte das vom übrigen Körper losgelöste Geschlechtsglied ihres Mannes in den Händen, pflege es und sei sehr darauf bedacht, dass ihm nichts geschehe. Sie bekam von dem Mann einen Sohn, den sie großzog; das Glied des Mannes war das Symbol des Sohnes, weil dieser mit dessen Hilfe gezeugt war. Da aber das Glied vom übrigen Körper getrennt worden war, ließ sie sich von ihrem Mann scheiden, nachdem sie den Sohn großgezogen hatte.

Honig als Symbol

Es träumte einer, er esse Brot in Honig getunkt. Der Mann vertiefte sich in philosophische Schriften, machte sich die in ihnen enthaltene Lebensweisheit zu eigen und verdiente dabei viel Geld; der Honig bedeutete ganz natürlich die Überzeugungskraft der Weisheit, das Brot aber den Erwerb.

Das Ei als Symbol

Ein Sklave träumte, er bekomme von seiner Herrin ein gekochtes Ei, werfe die Schale weg, das Ei aber verzehre er. Seine Herrin war schwanger und schenkte bald einem Knaben das Leben. Sie selbst starb, der Träumende aber nahm auf Geheiß des Mannes der Herrin das Kind zu sich und zog es groß. Auf diese Weise war die äußere Schale zum Wegwerfen und nichts wert, während das Umschlossene dem Träumenden die Mittel zum Lebensunterhalt gab.

Der Ölbaum als Symbol

Es träumte einer, aus seinem Kopf sei ein Ölbaum herausgewachsen. Er nahm mit großem Eifer das Studium der Philosophie auf und richtete sein Leben im Denken und Handeln nach ihr aus; denn der Ölbaum ist immer grün, fest gewurzelt und der Athena geweiht. Die Göttin wird aber mit dem reinen Denken gleichgesetzt.

Die Beerbung

Es träumte jemand, er werde von seiner Mutter ein zweites Mal geboren. Als er aus der Fremde in die Heimat zurückgekehrt war, fand er seine Mutter auf dem Krankenlager und beerbte sie. Und das war es, was das Gesicht von der zweiten Geburt andeuten wollte, dass er durch die Mutter aus Armut zu Reichtum gelangen werde; denn er lebte in großer Not und Armut.

Der zerbrochene Krückstock

Es träumte jemand, er höre jemand sagen, sein Stock sei zerbrochen. Er erkrankte und wurde gelähmt; denn die Stütze des Körpers, das heißt seine Kraft und Körperkonstitution, wurden durch den Stock angedeutet. Derselbe Mann, der wegen der Lähmung, die chronisch geworden, verbittert war und schwer an ihr trug, träumte, sein Stock sei wiederum entzweigegangen. Er kam augenblicklich wieder zu Kräften, denn er sollte keine Stütze mehr nötig haben.

Ein gebärender Mann

Ein Allkämpfer träumte vor einem Wettkampf, er sei niedergekommen und nähre sein Kind. Er unterlag in diesem Wettkampf und gab für die Zukunft seinen Beruf als Athlet auf; denn es hatte ihm geträumt, er stehe nicht seinen Mann, sondern erfülle die Aufgaben einer Frau.

Das Spiegelbild

Es träumte einer, er halte auf der Straße nahe dem Marktplatz einen Barbierspiegel in der Hand und es mache ihm großen Spaß, sich darin zu beschauen. Er besah sich darin und erblickte sein Bild voller Flecken. Der Mann hatte ein Liebesverhältnis mit einer Hetäre, die er ohne jemandes Zustimmung mit Gewalt zu sich nahm, und aus diesem Verhältnis entsprang ein Sohn, der nicht nur wegen seiner Abstammung, sondern auch deshalb, weil er schielte, mit einem Makel behaftet war.

Der Spiegel des Barbiers kennzeichnete das Frauenzimmer als Prostituierte, die sich jedem hingab, die aber ihrem Verehrer das Verhältnis nicht leicht gemacht hatte. Da er ferner sein eigenes Bild erblickte, wurde ihm ein Sohn geboren, der ihm ansonsten in jeder Beziehung glich, doch wegen der Flecken mit einem Makel behaftet war.

Die goldenen Arme

Ein Allkämpfer, der in den Olympischen Spielen sowohl den Ring- wie den Allkampf bestreiten wollte, träumte, seine beiden Arme wären zu Gold geworden. Er errang in keiner Konkurrenz den Siegeskranz, denn er sollte starre und unbewegliche Arme haben, als wären sie aus Gold.

Der schwarze Ochse

Es träumte jemand, er reite auf einem schwarzen Ochsen, dieser aber trage ihn nur widerwillig und werfe ihn ab, bevor er ihm sonst einen Schaden zufügen konnte. Er befand sich gerade auf hoher See, geriet an jenem Tag in große Gefahr und erlitt wenige Tage darauf Schiffbruch, wobei das Schiff versank, er selbst aber nur mit knapper Not gerettet wurde.

Drei Geschlechtsglieder

Jemand träumte, er habe drei Geschlechtsglieder. Er war Sklave, wurde freigelassen und erwarb statt eines Namens drei, indem er die zwei anderen vom Freilasser hinzunahm.

Theater

Es träumte jemand, er trete in einer Tragödie auf, er besitze tragische Stücke oder Dichtungen, höre Tragödien oder rezitiere tragische Verse. Wenn er sich an das Gesprochene erinnere, so werde alles dem Inhalt entsprechend eintreten und es kommen Gefahren, Plagen und Sklavendienste auf ihn zu. Dagegen zeigt das Auftreten in einer Komödie, das Anhören von Komödianten, der Besitz von komischen Dichtungen oder Büchern ein gutes und glückliches Ende in einer bestimmten Sache, denn darauf laufen gewöhnlich die Handlungen von Komödien hinaus.

Tanzen

Im Traum die Vorstellung zu haben, man tanze daheim im Kreis seiner Angehörigen, ohne dass eine fremde Person anwesend ist und zuschaut, ist für jedermann ohne Unterschied ein glückliches Vorzeichen. Desgleichen, wenn man seine Frau, seine Kinder oder einen von den nächsten Verwandten tanzen sieht.

Frisur

Jemand träumte von langem, schönem Haar. Dies ist besonders für eine Frau glückbringend. Denn Frauen pflegen der Schönheit wegen bisweilen falsches Haar zu tragen. Von guter Vorbedeutung ist es ferner für einen Philosophen, einen Weissager, einen Herrscher, einen hohen Beamten und für Theaterleute.

Frauenträume heute

Das brennende Nachbarhaus
„Ich schaue aus dem Fenster und sehe das übernächste Haus hinter uns heftig brennen. Ich sage meiner jüngsten Tochter, sie solle ihre Hausratte einfangen. Ich hole mein älteres Kind und meine Geldbörse und plane, das Haus zu verlassen, falls das Feuer uns erreicht. Ich versuche jedoch mitzuhelfen, unseren Garten nass zu machen, indem ich den Schlauch ins Haus hole und Wasser aus dem Fenster im ersten Stock spritze. Das Feuer kommt allmählich unter Kontrolle, weil einer der Feuerwehrleute zu mir sagt, ich bräuchte das nicht zu tun."

Kauf einer Bluse
„Ich sehe Blusen mit chinesischem Kragen an Ständern in einem Geschäft hängen. Ich halte mir eine wasserblaue vor. Sie hat Größe 2 und ich behaupte, ich könnte eine größere Nummer tragen, nämlich Nr. 4."

Zerfall der Welt
„Da sind ein Mädchen und ein Mann, die planen, die Erde zu zerstören. Ein Draht mit einem angehängten Korb wird über einen Fluss gespannt. Eine Art Film läuft ab. Darin sehe ich die Welt (aus weiter Ferne). Etwas surrt um die Welt, und sie zerfällt in zwei Hälften. Alles beginnt auseinanderzufallen, auszulaufen und zusammenzubrechen."

Schlangen im Haus
„Ich träumte, ich sei in einem Haus, in dem ich früher wohnte. Ich bin in der Küche, schaue ins Esszimmer und sehe, dass dort Schlangen auf dem Boden sind. Ich gehe ins Schlafzimmer und finde Schlangen auf dem unteren Etagenbett und eine, die zusammengerollt auf dem oberen Bett liegt."

Erste geträumte Menstruation

„Ich fand Blut in meinem Slip. Ich dachte, ich hätte eine tödliche Krankheit. Ich wollte mich umbringen, mich im See ertränken. Auf dem Schulweg erzählte ich es meiner Schwester, und sie erklärte mir, was es war. Niemand sagte mir etwas. Eines Morgens wachte ich in einer Blutlache auf. Ich dachte, ich würde sterben."

Die weißen Tauben

„Ich träumte, ich sei in einem Haus, wahrscheinlich in meinem eigenen (es muß das Esszimmer gewesen sein). Mehrere weiße Tauben flattern gegen das Fenster. Licht fällt von draußen herein. Ich achte darauf, nicht die Tür zu öffnen, damit die Tauben das Haus nicht verlassen. Ich fühle mich sehr glücklich."

"Traumhafter" Sex

„Ich gestatte mir, mich ganz der Leidenschaft hinzugeben. Ich habe das Gefühl, zwischen der Spitze des Penis und dem Eingang der Vagina zu existieren. Ich lasse zu, dass ich mit den Stoßbewegungen verschmelze. Die Lust wird immer größer ..."

Der Vater und die Farbspray-Dose

„Ich bin zu Hause bei meinen Eltern in der Küche und habe eine schlimme Auseinandersetzung mit meinem Vater. Wir streiten sehr heftig miteinander, bis ich sage: 'Mir reicht's jetzt!' und mir das alles nicht mehr länger anhöre. Ich verlasse die Küche, gehe durch den Hausflur, die Haustür steht offen, und es ist hell und warm draußen. Ich gehe die Treppen hinab auf die Straße.

Plötzlich ist mein Vater hinter mir und hält mich am linken Arm fest. In seiner anderen Hand hat er eine Spraydose, und er besprüht mich von oben bis unten mit roter Farbe. Ich bin nackt, sehe an mir hinab - meine Arme und mein Oberkörper, alles ist rot, ein seidenmattes, schönes Rot, eigentlich faszinierend.

Mit einem Mal wird mir klar, dass alle meine Poren verstopft sind, ich nicht mehr atmen kann und ersticken werde. Ich gerate in Panik, schreie, dass ich sofort in ein Krankenhaus gebracht werden muss. Ich bin verzweifelt, weil ich glaube, die Farbe geht nie mehr ab, ich müsse sterben.

Mein Vater steht etwas entfernt von mir und unternimmt nichts. Ich werde in ein kleines Zimmer gebracht. Das Licht dort ist diffus und grau, ich liege auf einem Bett, und fremde Leute machen an mir herum. Es ist eine einzige Tortur, aber die Farbe geht nicht ab. Das Rot ist dunkler geworden, ich habe die Hoffnung aufgegeben, bin still und lasse alles mit mir geschehen."

Die Beschimpfung

„Ich packe Hugo (den Mann, mit dem ich Konflikte habe) am Revers und schreie ihn an: 'Du sexistisches Schwein!' Ich fahre fort, ihn laut und ausfallend zu beschimpfen."

Sturz in den Abgrund (ein Falltraum)

„Ich fahre mit meiner Mutter und einem Mann auf einem Schlitten in einer Kurve durch einen Hohlweg. Rechts ein Abgrund. Plötzlich stürzt sie mit ihrem typischen 'Huh' rücklings in die Tiefe. Ich schaue ihr nicht nach, weiß, was geschehen sein muss, und bleibe wie erstarrt auf meinem Platz sitzen, unfähig zu weinen. Ich bin zu nichts fähig, starre völlig ausgelöscht vor mich hin, und als eines meiner Kinder sagt: 'Du musst dich doch kümmern!' weigere ich mich und sage: 'Nein, ich will sie nicht mehr sehen, wie sie da unten liegt, ich weiß ja, wie sie aussieht! Ich will sie in schöner Erinnerung behalten!' Doch auf einmal steht Mutter neben mir. Sie lächelt und hat nur Kopfschmerzen von dem Sturz. Ich frage sie, wie dieses Wunder geschehen konnte? Sie sagt: 'Frag nicht, es ist eben geschehen, und du siehst ja, ich lebe'.“

Der Sturm (ein Angsttraum)

„Meine Kinder sitzen mit mir bei großem Sturm in unserem Haus, das auf der Spitze einer hohen Tanne in den Tiroler Bergen gebaut ist. Jemand hat ein Seil um den Wipfel geworfen und zieht nun mit aller Gewalt daran, so dass sich der Baum nach der Seite biegt und das Haus ins Schwanken gerät. In panischer Angst rufe ich verzweifelt um Hilfe und wache von meinem Schrei auf: 'Da reißt einer an unserem Haus'!“

Das Wohnungschaos

„Die Szene spielt im Münchner Atelier meines Stiefvaters in der Kaulbachstraße in Schwabing, für das merkwürdigerweise ich die Miete zahlen muss. Es herrscht eine geradezu fürchterliche Unordnung. Der Teppich ist in eine Ecke geknüllt, total verstaubt. Überall liegt etwas herum. Flaschen stehen auf dem Boden, batterieweise. Ein Schrank mit wertvollen Dingen ist in höchster Gefahr. Hier müssen Orgien stattgefunden haben. Ich forsche nach, wer dies Chaos angerichtet haben kann und stelle fest, dass es eines meiner Mädels war. Ich bin sehr wütend, aber jeder lächelt mich nur an. Ein Mann nimmt mich beiseite und erklärt mir freundlich: 'Sie müssen das verstehen. Hier übt tagsüber ein Männerchor für irgendeine italienische Sache.' Mir ist das zwar alles rätselhaft, aber ich muss es dann wohl oder übel glauben.“

Ein Mann sieht Rot

„Mein Mann belauscht ein Gespräch, das ich mit einem Liebhaber führe. Er tut so, als sei er bereit, mich zu verlassen. Ich sehe ihn auf einem Lastwagen stehen, der von der Wohnung wegfährt, in der ich mich aufhalte. Ich beobachte ihn durchs Fenster. Er ist nackt. Als der Lastwagen ein Stück entfernt ist, springt er ab, rennt zurück und will mich umbringen. Ich rufe den Hausmeister an, damit er die Polizei zu Hilfe ruft.“

Ein komischer Albtraum

„Ich fühlte mich als Kaninchen und rannte buchstäblich um mein Leben. Irgendetwas jagte mich, und ich wusste, dass ich sterben würde, aber ich rannte trotzdem bis zum Ende. Der Traum war kurz, doch ich erinnere mich noch lebhaft an das Gefühl, ein Kaninchen zu sein - an die kräftigen Beine, das weiche Fell. Wie ich mich erinnere, war das Einzige, was ich im Dunkeln sah, ein weißer Lattenzaun, der an mir vorbeiraste.

Als ich erwachte, zitterte ich, und schwitzte und schnaufte, als wäre ich gerannt. Ich blieb eine ganze Weile wach, sann über den Traum nach und staunte über das seltsame Gefühl, ein Kaninchen gewesen zu sein. Ich erinnere mich auch noch, wie sehr mich das merkwürdig gemischte Gefühl von sowohl Angst als auch Heiterkeit darüber, so schnell zu rennen, wunderte."

Ein herrlicher Flugtraum

„Ich mache die traumhafteste Wanderung meines Lebens durch einen leuchtenden Abendhimmel mit unwahrscheinlichen Wolkenbildungen. Flugzeuge, Sputniks und Raketen kreuzen meine Bahn, und ich fliege einem enorm großen Abendstern entgegen. Ich bin in Gesellschaft von Isabel und Curd Jürgens, den ich in enganliegendem schwarzem Trikot auf den Schultern trage. Er wirkt federleicht, und ich empfinde eine beglückende Schwerelosigkeit. Dann wieder trägt er mich durch eine bizarr schöne Landschaft, wie ich sie noch nie zuvor gesehen habe."

Spuk im Haus

„Ich komme in ein Haus und sehe, wie von oben eine Kommode durch die Räume und die Treppe herunterrutscht. Ein eleganter Herr mit Halbglatze kommt zur Tür herein. Er trägt einen dunkelblauen Zweireiher mit Nadelstreifen und hat an seinem Revers ein breites, weißes Band mit chinesischen Schriftzeichen. Später sitze ich auf der Straße mit mehreren Leuten, und man unterhält sich in aller Ruhe über den vorangegangenen 'Spuk'."

Ein seltsamer Sommertag

„Es war ein wunderschöner Tag, ich befand mich auf einer grünen, blühenden Wiese. In nicht weiter Ferne lag ein herrlicher Mischwald; ich sah deutlich Birken, Tannen und genau vier große Eichen. Zu diesem Wald musste ich unbedingt hin, kam aber nicht recht von der Stelle, da irgendetwas mit meinen Füßen war. Als ich dann zu meinen Füßen sah, erblickte ich fassungslos statt der Schuhe Küchenbleche in Kastenform, und mit jedem Schritt wurden die Kuchen, auf denen ich stand, höher. Die Kuchen hatten eine schöne goldbraune Farbe. Bald lief ich wie auf hohen Stelzen, schaute immer wieder zum Wald, musste balancieren und kippte schließlich doch von meinen Küchenstelzen hinunter."

Das Labyrinth

„Ein kleines Mädchen kommt auf mich zu und nimmt mich an die Hand. Wir gehen ein paar Schritte, dann fassen wir uns an beiden Händen und tanzen miteinander. Anschließend mache ich mit ihm eine Bergwanderung und komme allein wieder zurück. Plötzlich bin ich in ein Labyrinth geraten, in dem ich angstvoll umherirre und nicht wieder herausfinden kann. Ein glühendes Rund, wie ein feuriges Auge, am Fuß eines Felsstückes lässt mich zu Tode erschrecken: Gleich wird eine Feuersbrunst ausbrechen."

Ein kurzer Flugtraum

„Ich sehe aus unserem Wohnzimmerfenster und erkenne überrascht, dass die Blätter des Baumes, der da draußen steht, ihre rote Farbe in Grün verwandeln! Da sind große Rasenflächen und Gärten. Wir jagen oder fliegen zwischen zahlreichen Menschen und Bäumen hindurch."

Das verlorene Portmonee (ein Klartraum)

„Ich bin in einer fremden Stadt - irgendwo, wo ich noch nie gewesen bin - und verliere dann mein Portmonee (ich reise viel). Zuerst weiß ich nicht, dass es ein Traum ist, aber dann sage ich mir: 'Moment mal. Ich verliere mein Portmonee niemals, das muss ein Traum sein.'

Ich setze dann einen Ort fest, wo ich es finden werde. Ich sage mir: 'Mein Portmonee wird hinter diesem Busch liegen!' oder: 'Wenn ich um die nächste Ecke biege, werde ich es finden!' oder: 'Jemand wird mir mein Portmonee bringen!' Und so geschieht es dann auch."

Die geplatzte Verlobung

„Die Verlobungszeremonie hat gerade stattgefunden. Hans und ich sitzen am Tisch und essen; er sitzt rechts von mir. Eine schöne Frau namens Madeline herein und setzt sich ins direkt gegenüber. Sie ist von der Taille aufwärts nackt. Ich denke: Wie geschmacklos! Gleichzeitig bin ich eifersüchtig. Hans kommt mit ihr ins Gespräch, und dann steht er plötzlich auf und geht mit Madeline weg, lässt mich allein."

Der "Traummann"

„... Und da ist der Mann, der mich wie magnetisch anzieht. Er ist weiß gekleidet – ich bin übrigens auch in Weiß, und alles ringsum ist ebenfalls weiß. Ohne zu zögern lege ich meine Arme um seine Taille - das fühlt sich so gut und warm an. Er reagiert, dreht sich um und küsst mich. Wir gehen sehr liebevoll miteinander um - bewegen uns langsam - und er lacht und geht auf mich ein. Es ist so unglaublich schön, dass ich so absolut liebevoll und gebend sein kann. Nach und nach wird mein Körper sexuell erregt, und wir halten einander eng umschlungen, als ich aufwache."

Das Babyhaus

„Ich gehe zum Haus einer Freundin. Ich denke: Nach der Entbindung will ich hier wohnen. Ich gehe hinein. Es ist wirklich groß (viel größer als in der Realität). Auf einem großen Bett sind viele, viele Babys, alle sind nackt und spielen. Es ist überfüllt. Ich gehe in ein anderes Zimmer, wo ich wohnen werde. Es ist kleiner. Ich sehe einen vierjährigen Jungen in einem goldenen Aquarium schwimmen. Sein Körper ist im Wasser, das Gesicht ragt heraus, darüber ist ein Plastikbehälter mit Luft. Ich denke: Oh, nein, er wird ertrinken! Aber er sieht aus, als fühle er sich sehr wohl und lächelt. Er ist glücklich dort."

Eine prophetische Traumserie

„In acht nächtelang wiederkehrenden Träumen sehe ich immer meinen Schwager sterben. Er ist haarlos, schrecklich dünn und blass, und er scheint im Koma zu liegen oder fest zu schlafen. Ich spüre, wie Gefühle von Kummer und Zorn in diesen Träumen aufgewirbelt werden, aber meist ist einfach nur er da in seinem Bett. Ich habe diesen Traum so oft, dass ich mich vor dem Einschlafen fürchte und allmählich unter völliger Erschöpfung leide. Ich rufe meine Schwester trotz der extremen Klarheit dieser Träume nicht an, weil ich sie nicht erschrecken will. Die Träume hören am achten Tag auf.

Fünf Tage nach meinem letzten Traum rief mich meine Schwester an, um mir mitzuteilen, dass mein Schwager einen Hirntumor hatte, bestrahlt wurde, seine Haare verloren und schon im Sterben gelegen hätte. Er sei acht Tage lang in eine tiefe körperliche und geistige Starre verfallen, aber nicht gestorben. Nach acht Tagen hätte er plötzlich das Bewusstsein wiedererlangt und befinde sich offenbar auf dem Wege der Besserung. Jetzt erzählte ich ihr von meinen Träumen. Die Fakten stimmten überein."

Die Mammographie (ein warnender Krankheitstraum)

„Ich träumte später, ein Chirurg (mit Mundschutz, Kappe und Kittel in Grün) sagte zu mir: 'Sie müssen sich bald operieren lassen, denn sonst werden sie sterben.' Es war die Stimme einer Frau ... Ich muss anfügen, dass mein Mann zur gleichen Zeit, in der ich von meiner Brustamputation träumte, eine Reihe von Träumen hatte, in denen er fürchtete, mich zu verlieren. Diese Träume veranlassten mich schließlich dazu, eine Mammographie machen zu lassen.

Nach der Mammographie wurde ich zur sofortigen Operation direkt ins Krankenhaus eingewiesen. Chirurg war eine Frau. Der große Tumor, der durch eine totale Brustamputation entfernt wurde, war bösartig. Die Ärztin sagte, wenn ich noch länger gewartet hätte, hätten sich die Krebszellen in meinem ganzen Lymphsystem ausgebreitet und mein Leben gefährdet. Ich war wirklich glücklich, dass die Brustamputation mein Leben gerettet hat."

Das Erwachsenen-Baby
„Ich bringe ein voll ausgewachsenes Kind zur Welt. Es ist wie ein Miniatur-Erwachsener, angezogen wie ein Erwachsener, und es geht und spricht wie ein Erwachsener."

Hervorragender Sex
„Ich habe leidenschaftlichen Verkehr mit dem Freund meiner Freundin. Es fühlt sich wunderbar an, komplett mit Orgasmus. Später untersuche ich seinen Körper und stelle fest, dass sein Penis riesig ist, etwa von der Größe eines Brotlaibes. Er ist ziemlich überwältigend."

Die Naturkatastrophe (ein Angsttraum)
„Ich wache um 3 Uhr von einem schrecklichen Angstgefühl auf, das mich schon vorher aufschreckte und springe schweißgebadet aus dem Bett. Dunkle Schlammmassen wälzen sich heran, alles unter sich begrabend. Ich halte es im Bett nicht mehr aus und ziehe schließlich um ins andere Zimmer, wo ich eine Zeit lang friedlich wieder einschlafe. Aber um 6 Uhr 30 springe ich erneut aus dem Bett und habe das Gefühl, vor einer Naturkatastrophe fliehen zu müssen. Ich meine, umgeben zu sein von etwas Unsichtbarem, Unheimlichem."

Die Pilzsammlerinnen
„Tina und ich sind in einer kleinen Privatmaschine zu einem Flug eingeladen. Wir schweben dicht an einem Hang entlang über tropische Vegetation, unter uns wunderschöne südliche Bäume. Dann finden wir in einem dunklen Hochwald eine ungeahnte Menge edelster Pilze: Maronen, Stein- und Birkenpilze. Es sind so viele, dass wir nicht wissen, wohin damit. Tina sammelt Ziegelsteine, die sie für irgendetwas benötigt. Sie darf sie aber nicht mitnehmen, weil dann die Maschine überbelastet wäre."

Die gleichgültigen Bahnbeamten
„Von irgendwoher kommend laufe ich über einen Bahnsteig auf einen Bahnhofsvorsteher zu, um ihn zu fragen, ob der Zug schon abgefahren sei. Ungeduldig warte ich auf die Antwort, die nicht kommt. Dickleibig, begriffsstutzig wie er ist, blickt er mich nur unwirsch an, ohne den Mund aufzutun. Von dem bekomme ich nie eine Antwort, denke ich wütend, drehe mich um und erblicke einen zweiten Bahnbeamten, dessen rote Tellermütze mir mehr Erfolg verspricht.
Während ich auf den Mann in der adretten, blauen Uniform zugehe, hat sich ein Kreis von Menschen um ihn geschlossen, die ihn mit Fragen bestürmen. Er wendet sich nach allen Seiten, gibt Auskunft, scheint alle Anschlüsse im Kopf zu haben und beherrscht die Szene. Mir indes gelingt es nicht, meine Beschwerde über den Kollegen bei ihm anzubringen, weil ich bereits erwache."

Das versteckte Marihuana

„Ich träumte, ich sähe, wie mein Vermieter heimlich einen Sack mit Marihuana im Deckel eines Schachts versteckte. Um ihm einen Streich zu spielen, öffnete ich später den Schacht, holte das Marihuana heraus und hängte es da auf, wo mein Vermieter es gleich sehen musste, nur damit er wusste, dass ich sein Geheimnis kannte. Als er es fand, ärgerte er sich sehr über meinen Streich. Aber er tat mir nichts."

Der eigenwillige Zug (eine hartnäckige Traumserie)

„Einen Traum habe ich so oft geträumt, dass ich ihn meiner Mutter erzählte, aber sie wusste auch nicht, was er zu bedeuten hatte. Es war immer das gleiche. Ich sah einen Zug auf eine Wand zufahren, zurücksetzen, wieder vorfahren, wieder zurücksetzen, immer wieder auf die Wand zufahren und jedesmal wieder zurücksetzen."

Tod des Ehemannes

„Irgendwann zwischen 22 Uhr und morgens früh träumte ich, von Trauer und Kummer überwältigt zu sein, weil mein Mann mich verlassen hatte. Ich wachte weinend mit tränenfeuchtem Gesicht auf. Mein Mann ging an diesem Morgen wie gewohnt zur Arbeit. Nach ein paar Stunden wurde mir die Nachricht von seinem Tod übermittelt. Er war von einem Schornstein gefallen und auf der Stelle tot."

Ein "geistvolles" WC

„Ich saß auf dem WC, auf einem öffentlichen WC, wo es Bücher gab. Also neben dem WC, also im WC drin war ein Ständer mit Taschenbüchern. Es war ein Sammelsurium von verschiedensten Taschenbüchern."

In einer Leichenhalle

„Eines Abends, ich war früh zu Bett gegangen, träumte ich, in einer Leichenhalle zu schweben (ich fühlte mich nahezu körperlos). Unter mir war eine Trauergesellschaft; die Leute weinten. Ich kann mich nicht erinnern, irgend jemanden unter den Trauergästen erkannt zu haben. Da war ein Sarg, in dem ein Mann aufgebahrt war. Mir war, als schwebte derselbe Mann auch als Geist über der ganzen Szene. Er war voller Entsetzen und schrie nach den Leuten im Raum. Niemand nahm von ihm Notiz. Ich rief ihm ganz vorsichtig zu, es gehe ihm gut und alles sei in Ordnung. Ich erinnere mich, ihm gesagt zu haben, er solle keine Angst haben. Er drehte sich um, schaute mich an und fing an zu lächeln. Dann bin ich aufgewacht.
Der Traum war so kristallklar, dass ich ihn in allen Einzelheiten am nächsten Morgen meiner Mutter erzählte. Er hatte einen tiefen Eindruck auf mich gemacht, obwohl er für keinen von uns von Belang war. Ich kannte niemanden daraus, und es war auch niemand, den wir kannten, gestorben."

Verwirrtes Vögelchen

„Ich habe ein winziges, buntes Vögelchen in einem kleinen Käfig. Daneben gibt es einen größeren mit großen Vögeln darin.
Ich öffne den kleinen, und das Kolibri-ähnliche Tierchen fliegt
heraus, flattert erst eine Weile im Zimmer umher und plötzlich,
womit ich nicht gerechnet habe, durch die Gitterstäbe zu den
bedrohlich großen Tieren. So sehr ich zwischendurch das Vögelchen, einmal im Flug erhascht, in meinen Händen zu halten
und zu wärmen versuche - es entschlüpft mir schließlich durch
die Gitterstäbe des großen Käfigs, worin es dann auch bleibt.“

Das plattgefahrene Unfallopfer

„Wir haben einen Autounfall gehabt, und da ist ein Mensch unter das Auto gekommen, und er ist dann ganz flach gewesen.
Und dann haben wir zufällig ein bißchen Schokolade bei uns
gehabt, und dann haben wir diese Schokolade auf ihm verteilt.
Und dann hat der Ernst gesagt, er wisse halt nicht, ob man jetzt
ein bisschen Sand und Kies auf ihm verrechen dürfe, damit
man nicht mehr so recht sieht, damit es nicht so auffällt, wo er
liegt. Dann waren wir im Bus und fanden, dass das nicht ginge,
ihn einfach so verrechen, dass man gar nichts mehr sieht.“

Der bösartige Vater

„Ich betrete einen chinesisch-buddhistischen Tempelbezirk, der
wundervoll angelegt ist mit schönen Gärten und imponierenden
Gebäuden. Ganz am Ende liegt ein Pavillon, und als ich diesen
betrete, sehe ich auf einmal mitten in diesem Pavillon auf einem
Sessel meinen Vater sitzen, der aber eine bösartige und dämonische Fratze hat und viel kleiner aussieht, als er in Wirklichkeit
war (der Vater war in der Realität ein großer und stattlicher Mann
gewesen). Ich finde diesen Anblick ganz entsetzlich, bin fast
erstarrt vor Schreck und wache mit einem Schaudergefühl auf.“

Ein Mann und sein Esel (ein Verfolgungstraum)

„Ich gehe auf der Straße. Mir entgegen kommt ein von einem
Esel gezogener Wagen, auf dem ein Mann sitzt. Der Esel
fletscht die Zähne, wird wild und rennt mir nach. Der unbekannte Mann sagt: 'Du kannst dich nur mit Geld von mir loskaufen,
dann beißt dich der Esel nicht.' Ich suche in meinem Geldbeu-
tel, weiß aber nicht, ob ich etwas gefunden habe, um es ihm zu
geben. Danach laufe ich schnell weg.
Der Mann folgt mir, und ich erreiche mit knapper Not mein Haus,
schlage die Tür hinter mir zu, die jedoch, da sie aus Glas ist,
zerbricht. Weiter fliehe ich die Treppen hinauf ins Wohnzimmer
zu meiner Tochter, die im Traum noch ein Mädchen von etwa
zwölf Jahren ist. Schon stürzt der Verfolger herein und auf meine Tochter zu. Ich mache mich stark und schreie: 'Wenn dieser
Mann meiner Tochter etwas tut, bringe ich ihn um'.“

Im Krankenhaus verirrt
„Ich stehe auf und beschließe, das Krankenhaus zu verlassen, verirre mich aber. Ein Mann und eine Frau begleiten mich, und wir suchen nach einem sicheren Aufzug, da viele unzuverlässig. sind. Als der Aufzug, den wir wählen, sich nach unten in Bewegung setzt, bricht ein Dach auf uns herunter. ... Später, im Erdgeschoss, verirren wir uns wieder und laufen verwirrt umher."

Ein nicht beachteter Warntraum
„Als ich aufwachte, war ich zutiefst geängstigt. Ich wusste, dass irgendetwas mit dem Baby meiner Schwiegertochter geschehen würde. Ich wollte zu ihrem Arzt gehen und ihm sagen, er solle sie noch einmal gründlich untersuchen, um sicher zu sein, dass alles in Ordnung war. Ich habe es nicht getan, weil ich befürchtete, der Doktor würde mich für eine Spinnerin halten."

Der extravagante Freund
„Ich befinde mich mit meinem Freund zusammen in einem mir unbekannten Zimmer. Über seine hochmoderne Kleidung bin ich sehr erstaunt. Grüne Kordhosen, rotes Hemd mit Rüschenkragen, darüber ein bunter Pullover. Seine gelockten Haare sind zurückgekämmt. Mein Erstaunen wird zur Beschämung, als ich beobachte, wie mein Freund beide Ellenbogen auf den Couchtisch stützt und sein Hinterteil demonstrativ in die Höhe reckt. Ohne mich über das unkultivierte Benehmen äußern zu können, wache ich auf."

Sturz ins Meer (ein Falltraum)
„Laut schimpfend laufe ich aus einem Haus und ziehe ein mir fremdes Mädchen hinter mir her. Wir setzen uns in ein Auto. Obwohl es mir auch gewaltsam nicht gelingt, den Zündschlüssel in das Zündschloss zu stecken, fahre ich dennoch los. Ich fahre auf einer regennassen Teerstraße weiter, die sich nun in Serpentinen einen steilen Berg zum Meer hinunterwindet. Die Wellen krachen tosend an die Küste, der Himmel ist mit regenschweren Wolken verhangen. In einer Kurve steuere ich den Wagen über den Straßenrand hinaus. Kurz bevor das Auto den Abhang hinunter ins Meer stürzt, springe ich hinaus, doch nicht etwa auf die Fahrbahn. Ich springe hinunter ins Meer und sehe noch von unten, wie das Auto mit der Frau über die Klippe stürzt."

Eine geplante Vergasung
„Eine Frau, wahrscheinlich ich, macht sich ganz klein, um in einen Ofen zu passen. Sie muss sich zusammenkauern, damit sie hineinpasst. Sie ist vollkommen willfährig. Ihr Mann ist da und sagt ihr, sie solle sich noch kleiner machen. Dann dreht er das Gas auf. Sie weiß, dass sie ganz gleichmäßig atmen muss. Wenn sie das tut, wird sie überleben."

Der verletzte Bruder (ein Wahrtraum)

„Als mein ältester Bruder im zweiten Weltkrieg Soldat war, träumte ich, ein anderer Bruder und ich stünden an einem Krankenhausbett in Europa. Darin lag mein ältester Bruder. Er war am Bein und am Rücken verletzt. Ich schrieb meiner Mutter und erzählte ihr von meinem Traum. Daraufhin erhielt ich einen Brief von ihr, in dem sie antwortete, sie hätte den gleichen Traum gehabt, in der betreffenden Nacht am Bett meines Bruders zu stehen.

Als mein Bruder heimkehrte, waren wir alle zu Hause. Als er aus dem Auto stieg und den Bürgersteig hinaufkam, hinkte er. Er hatte einen Jeepunfall gehabt und sich an Bein und Rücken verletzt. Er hatte seiner Mutter all die Wochen, die er im Krankenhaus lag, nicht geschrieben, weil er meinte, sie würde sich dann zu große Sorgen machen."

Die Vergewaltigung

„Am Aufzug steht ein Dienstmann. Die Tür öffnet sich, und da ist ein schwarzer Polizist. Ich bin erleichtert. 'Können Sie mich herausbringen?' frage ich. 'Klar!' sagt er. Als ich in den Aufzug steige, macht er Witze. Plötzlich denke ich, dass er mich vergewaltigen wird. Ich packe seinen Revolver. Dann denke ich, dass ich mich irre, komme mir dumm vor und gebe ihn ihm zurück.
Als er den Revolver wieder hat, vergewaltigt er mich tatsächlich. Jetzt ist er weiß. Die Aufzugtür öffnet sich, und wir steigen aus. Der Polizist sagt zu mir, ich solle nach rechts gehen. Wir biegen um die Ecke, und ich sehe mit Entsetzen, dass da zwölf Männer sind, in Handtüchern gewickelt, die auf mich warten, um mich zu vergewaltigen. Sie alle sind ebenfalls Polizeibeamte."

Die Hinrichtung

„Ich befinde mich in einem Haus, in dem ich anscheinend wohne. Vor dem Fenster sehe ich eine Art Schafott, ich weiß genau, dass es eines ist. Ein Mann soll enthauptet werden. Viele Menschen finden sich dazu ein. Da kommen zwei Knaben ins Zimmer gelaufen und rufen: 'Dürfen wir draußen spielen? Im Garten wird es langweilig!' Ich sage: 'Da fragt mal euren Vater.' Dieser kommt gerade ins Zimmer und erlaubt es."

Das überfahrene Pferd (ein Wahrtraum)

„Als ich fünf Jahre alt war und wir noch auf dem Lande lebten, wachte ich eines Nachts weinend auf. Ich erzählte meiner Mutter, ein Pferd sei aus dem Stall ausgebrochen und vor einen Lastwagen gelaufen. Es hätte blutend mitten auf der Straße gelegen. Sie sagte mir, ich hätte nur einen Albtraum gehabt. Am nächsten Tag fuhren wir zu dem Stall, und mein Vater sprach mit dem Eigentümer. Ein Pferd wäre nachts aus dem Stall ausgebrochen, sagte der Besitzer, es wäre von einem Lastwagen überfahren worden und verendet."

Ein kosmischer Orgasmus

„Ich schlafe mit einem Mann, der aus goldenem Licht besteht. Die Empfindungen bei unseren Bewegungen sind unbeschreiblich. Der Orgasmus ist kosmisch."

Die Rundfunkwerbung

„Ich wache von einer gesungenen Melodie auf, die ich aus der Rundfunkwerbung zu kennen glaube. Sie lautet: "Homa, Homa, Homa". Verschlafen, wie ich bin, weiß ich im Moment nicht, ob "Homa" nun ein Wasch- oder ein Lebensmittel ist, messe dem auch keine Bedeutung bei und schlafe weiter."

Das Dollargeschenk

„Ich war in einem Park, und zwei fremde Leute schenkten mir 271 Dollar. Zuerst wollten sie mir 261 Dollar geben, und der eine von ihnen sagte: 'Nein, wir geben dir 271.' Sie gaben es mir in Eindollarnoten, und ich konnte sie kaum in meiner Handtasche unterbringen."

Ein Flugzeugabsturz

„Ich sitze im Flugzeug, mir gegenüber mein Mann. Während unter uns Berge, Wälder und Täler dahingleiten, sage ich zu ihm: 'Du brauchst keine Angst zu haben!' und blicke dabei auf den Flugzeugführer, der neben mir steht. Er hat ein markantes Gesicht mit einem ausgeprägt willensstarken Kinn, womit er mich an den Duce erinnert. In der Hand hält er einen langen Zügel, damit scheint er das Flugzeug zu dirigieren. Plötzlich aber heißt es, wir stürzen ab. Ich sage: 'Also doch!' und verliere das Bewusstsein. Als ich wieder zu mir komme, wache ich auf und habe das Gefühl, ich sei erst wirklich zum Leben erwacht."

So träumen Sie sich reich mit Lottozahlen

Mit Hilfe seiner Träume kann man sich auch ganz reale Wünsche erfüllen, beispielsweise durch Lotto spielen. Eine der gefragtesten Hellseherinnen Deutschlands, Cora Herfurth-Keck in Pforzheim, hat ein System entwickelt, das bestimmte Traumbilder mit den Zahlen 1-49 verbindet und das sich bereits als glückbringend erwiesen hat.
Wenn Sie also nach dem Erwachen die Motive notieren, die Ihnen im Traum erschienen sind, können Sie womöglich schon nach wenigen Nächten den ersten Schein mit sechs "Richtigen" ausfüllen. Träumen Sie ein Motiv doppelt oder dreifach, verwenden Sie die betreffenden Ziffern für weitere Tippkästen. Dabei steht Ihnen für eine erste Testserie bereits die folgende Seite zur Verfügung.

Ich (sich selbst	1	Fliegen	25
als Traumobjekt sehen)		Kaffeetasse	26
Haus, Wohnung	2	Schlüssel	27
Kleine Fische	3	Tür öffnen / schließen	28
Geldscheine	4	Herbst	29
Brille	5	Brief schreiben	30
Münzen	6	Blauer Himmel	31
Verkehrsschild	7	Prüfung	32
Alte Frau	8	Fahrrad	33
Große Fische	9	Frühling	34
Partner/in	10	Brot / Brötchen	35
Ein See	11	Feuer	36
Chef/in	12	Telefon	37
Wolken	13	Berg	38
Glas	14	Sofa	39
Becher	15	Kirche	40
Tisch	16	Knabe	41
Fußball	17	Beerdigung	42
Auto fahren	18	Schlange	43
Eichhörnchen	19	Schule	44
Sommer	20	Küssen	45
Mädchen	21	Bus oder Bahn	46
Meer	22	Fernseher	47
Heirat	23	Sessel	48
Brief	24	Winter	49

1	2	3	4	5	6	7		1	2	3	4	5	6	7		1	2	3	4	5	6	7
8	9	10	11	12	13	14		8	9	10	11	12	13	14		8	9	10	11	12	13	14
15	16	17	18	19	20	21		15	16	17	18	19	20	21		15	16	17	18	19	20	21
22	23	24	25	26	27	28		22	23	24	25	26	27	28		22	23	24	25	26	27	28
29	30	31	32	33	34	35		29	30	31	32	33	34	35		29	30	31	32	33	34	35
36	37	38	39	40	41	42		36	37	38	39	40	41	42		36	37	38	39	40	41	42
43	44	45	46	47	48	49		43	44	45	46	47	48	49		43	44	45	46	47	48	49

1	2	3	4	5	6	7		1	2	3	4	5	6	7		1	2	3	4	5	6	7
8	9	10	11	12	13	14		8	9	10	11	12	13	14		8	9	10	11	12	13	14
15	16	17	18	19	20	21		15	16	17	18	19	20	21		15	16	17	18	19	20	21
22	23	24	25	26	27	28		22	23	24	25	26	27	28		22	23	24	25	26	27	28
29	30	31	32	33	34	35		29	30	31	32	33	34	35		29	30	31	32	33	34	35
36	37	38	39	40	41	42		36	37	38	39	40	41	42		36	37	38	39	40	41	42
43	44	45	46	47	48	49		43	44	45	46	47	48	49		43	44	45	46	47	48	49

1	2	3	4	5	6	7		1	2	3	4	5	6	7		1	2	3	4	5	6	7
8	9	10	11	12	13	14		8	9	10	11	12	13	14		8	9	10	11	12	13	14
15	16	17	18	19	20	21		15	16	17	18	19	20	21		15	16	17	18	19	20	21
22	23	24	25	26	27	28		22	23	24	25	26	27	28		22	23	24	25	26	27	28
29	30	31	32	33	34	35		29	30	31	32	33	34	35		29	30	31	32	33	34	35
36	37	38	39	40	41	42		36	37	38	39	40	41	42		36	37	38	39	40	41	42
43	44	45	46	47	48	49		43	44	45	46	47	48	49		43	44	45	46	47	48	49

1	2	3	4	5	6	7		1	2	3	4	5	6	7		1	2	3	4	5	6	7
8	9	10	11	12	13	14		8	9	10	11	12	13	14		8	9	10	11	12	13	14
15	16	17	18	19	20	21		15	16	17	18	19	20	21		15	16	17	18	19	20	21
22	23	24	25	26	27	28		22	23	24	25	26	27	28		22	23	24	25	26	27	28
29	30	31	32	33	34	35		29	30	31	32	33	34	35		29	30	31	32	33	34	35
36	37	38	39	40	41	42		36	37	38	39	40	41	42		36	37	38	39	40	41	42
43	44	45	46	47	48	49		43	44	45	46	47	48	49		43	44	45	46	47	48	49

Auf dem deutschsprachigen Büchermarkt sind derzeit mehr als 200 Titel über Traumdeutung und Traumsymbolik erhältlich. Es wäre nicht möglich, sie alle hier bibliografisch aufzulisten oder sie in Form einer empfohlenen Auswahl vorzustellen, da das Spektrum ihrer Thematik sehr breit angelegt ist.

Wer an weiterführender Literatur interessiert ist, sollte sich daher am besten von seinem Buchhändler beraten lassen. Natürlich können sie sich auch selbst im Internet über entsprechende Veröffentlichungen informieren.

Das "Institut für Grenzgebiete der Psychologie und Psychohygiene e.V." (IGPP) wurde 1950 von Professor Hans Bender gegründet. Es ist die größte Forschungseinrichtung in Deutschland, die auf interdisziplinärer Grundlage paranormale Phänomene wie Telepathie, Ahnungen, Wahrträume, Spuk- und Geistererscheinungen dokumentiert und untersucht.

Das IGPP bietet ferner einen kostenlosen Informations- und Beratungsservice für Menschen mit außergewöhnlichen ("paranormalen", "übersinnlichen") Erfahrungen an. Dem Institut angeschlossen ist u.a. eine ca. 40.000 Bücher umfassende Spezialbibliothek, deren Bestände zur Universitätsbibliothek gehören und von der Öffentlichkeit genutzt werden können.

Anschrift: IGPP, Wilhelmstr. 3 A, D-79098 Freiburg i.Br.
Tel.: 0761/20721-0 (-52 Beratung), Fax: 07161/20721-99
e-mail: igpp@igpp.de oder beratung@igpp.de
Internet: http://www.igpp.de

Hinweis: Alle Angaben und Tipps in diesem Buch sind nach bestem Wissen gemacht. Sie entsprechen den üblichen Methoden der Traumdeutung und dem gegenwärtigen Stand der wissenschaftlichen Traumforschung. Die Autorin kann daher keine Haftung für Probleme irgendwelcher Art übernehmen, die sich aus deren Praktizierung ergeben sollten.